내가 만난

소년에 대하여

내가 만난

소년에 대하여

천종호 지음

우리학교

차례

들어가는 글
우리가 알지 못한 소년에 대하여 _7

소년이 여기 있다 _13

어린 장발장들을 위한 변명 _25

한 아이가 그대를 열심히 사랑합니다 _34

훔치고 싶은 유혹이 들면 이 지갑을 생각해 _46

아빠의 마음, 법관의 양심 _57

아니야, 오히려 우리가 미안하다 _70

판사님 은혜 꼭 갚지 않겠습니다 _79

엄마라고 부르게 해 주세요 _91

판사님, 삼계탕 드세요 _100

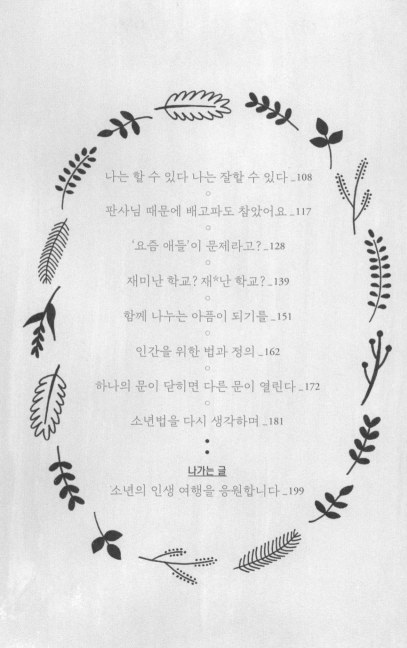

나는 할 수 있다 나는 잘할 수 있다 _108

판사님 때문에 배고파도 참았어요 _117

'요즘 애들'이 문제라고? _128

재미난 학교? 재*난 학교? _139

함께 나누는 아픔이 되기를 _151

인간을 위한 법과 정의 _162

하나의 문이 닫히면 다른 문이 열린다 _172

소년법을 다시 생각하며 _181

나가는 글
소년의 인생 여행을 응원합니다 _199

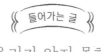

우리가 알지 못한
소년에 대하여

저는 2010년 2월부터 2018년 2월까지 약 12,000명의 소년을 만났습니다. 교육 현장에서 일하는 분들을 제외하고, 이렇게 많은 대한민국 청소년들을 만난 사람은 아마 제가 유일할 것 같습니다. 그런데 저는 이 아이들을 소년법정에서 만났습니다.

19세 미만 소년이 비행을 저질렀을 경우, 소년들의 성품과 행동 교정을 위해 소년보호처분재판(이하 소년재판)이 열립니다. 소년재판이 열리는 법정을 소년보호법정(이하 소년법정)이라고 합니다. 소년법정이 열리는 날, 아이들은 호송차에서 내려 포승줄에 묶이고 수갑을 찬 채 대기실 한편에 마련된 철창 안으로 들어갑니다.

노랑머리의 소녀, 조직폭력배 같은 문신을 새긴 소년, 불안한 얼굴로 계속 손톱을 물어뜯는 아이, 고개를 숙이고 내내 울먹이는 아이⋯⋯비좁은 철창 안에 옹송거리며 서 있는 아이들을 바라보는 일은 항상 편치 않았습니다. 소년부 판사의 판결은 한 소년의 인생을 좌우할 수도 있기에, 법정에 들어가기 전에 항상 마음을 가다듬고 기도를 했습니다. 소년들에게 가장 적합하면서도 공정함을 잃지 않는 처분을 내리게 해달라고, 소년들이 나의 처분을 죄에 대한 응보가 아니라 새로운 인생의 전환으로 받아들일 수 있게 해달라고.

저출산의 여파로 전체 청소년의 수는 크게 줄어들었지만 오랜 경제 불황과 가정 해체로 인해 가출청소년의 수는 줄어들지 않고 있고, 폭력이나 상해, 갈취 같은 학교폭력 사건, 그리고 학교를 벗어나 절도와 강도, 성폭행 같은 성인형 범죄를 저지르는 청소년 비율도 늘고 있습니다.

사실 요사이 일어나는 청소년 범죄는 비행이라고 부르기 민망할 만큼 위험 수위에 도달해 있습니다. 더 심각한 것은 자신들이 저지른 잘못이 무엇인지 모르고 있거나, 알고도 반성하지 않는 아이들이 점점 많아지고 있다는 것입니다. 이를 바라보는 사람들의 시선은 차가워지고, 솜방망이 처벌을 나무라며 처벌의 수위를 더 높이라고들 합니다. 그러나 모두 드러난 반사회성에만 초점을 맞출 뿐, 아이들이 왜 그렇게 되었는지 묻는 사람들은 많지 않습니다.

저는 자주 묻습니다. "소년범의 죄는 누구의 죄인가요?" 많은 경우, 소년의 비행은 소년의 것이 아니라 사회의 것입니다. 소년재판을 담당하면서 누구도 겪어서는 안 되는 방임과 학대의 그늘 아래 놓인 아이들을 수없이 만났습니다. 비행이라는 거푸집을 벗기고 나면 삶의 부조리와 폭력 앞에 아무런 보호막 없이 내던져진 아이들의 유약함이 고스란히 드러났습니다. 이 아이들의 문제가 무엇에서 생겨났는지, 왜 이런 일이 반복되는지 그 배경과 맥락을 누군가는 헤아려야 합니다.

많은 이들이 '비행소년'이라고 백안시하는 아이들을 만나고 나서, 제 삶의 방향은 송두리째 달라졌습니다. 저 역시 인생의 여정에서 여러 차례 가난과 무관심에 상처받고 좌절했으나, 그때마다 저에게 손을 내밀어 준 이들이 있었기에 앞으로 나아갈 수 있었습니다. 법정 안에서도 법정 밖에서도 제대로 된 보호를 받지 못하는 아이들에게 저라도 대변자가 되어 주어야겠다는 생각을 품게 된 것은 피할 수 없는 소명과도 같았습니다.

벼랑 끝에 몰려 법이 아니면 더는 어찌할 수 없는 지경에 처한 소년들이지만, 이들은 작은 도움과 격려 한마디에도 삶을 새로 빚어냈습니다. 이 아이들에 대한 이해와 공감의 힘이 가져오는 변화를 저는 지난 10년간 실제로 보았습니다. 혐오와 무관심을 넘어 아무런 조건 없이 도움의 손길을 내밀어주고, 때로는 저를 대신하여 비난을 감수하며 존재감도 없던 무명의 시골 판사 이야기에 귀 기울이고 함께해 준 수많은 이들이 있기에 가능한 일이었습니다.

이 책은 제가 쓴 세 권의 책 『아니야, 우리가 미안하다』 『이 아이들에게도 아버지가 필요합니다』 『호통판사 천종호의 변명』 중에서 특히 독자들의 공감을 받았던 글을 추려서, 청소년부터 어른까지 쉽게 읽을 수 있도록 문장을 새롭게 다시 다듬고 따뜻한 그림과 함께 특별판으로 펴내는 책입니다. 비록 이 책에 다 담지는 못했지만, 저는 제가 만난 아이들을 평생 기억할 것입니다. 또한 아이들을 만나면서 제 속에 품고 고심해 온 법과 정의에 대한 질문 또한 여러분과 나누려고 합니다.

모쪼록 이 책이 그동안 우리가 외면하고 알지 못했던 소년에 대하여 함께 생각해 볼 수 있는 계기가 되었으면 하는 바람입니다. 비록 제가 지금은 더이상 소년재판을 담당하지 않는다고 할지라도 이 아이들에 대한 도움과 관심의 손길은 끊지 말아 주시기를 간곡히 부탁드립니다.

첫 번째 책 『아니야, 우리가 미안하다』를 교정할 때 제 등에 업혀 있었던 저희 집의 늦둥이 송영이도 이 책을 통해 아빠가 하는 일과 소외된 청소년들의 삶에 관해 잘 이해할 수 있기를 소망합니다.

끝으로 이 책에 실린 사례의 아이들 이름은 모두 가명임을 밝혀둡니다.

2021년 3월
천종호

소년이
여기 있다

제가 소년재판과 첫 인연을 맺은 것은 2010년 창원지방
법원으로 근무지를 옮기면서부터였습니다. 그 후 꼬박 8년
동안 소년부 판사로 근무를 하면서 수많은 아이들을 소년
법정에서 만났지요. 아이들이 저지르는 비행은 저마다 천
차만별입니다. 가게에서 담배를 훔치다 걸리거나 친구를
때려서 법정에 서기도 하고, 인터넷으로 사기 판매를 하다
가 잡히거나 집을 나와 가출팸에서 생활하다 임신한 채 법
정에 서기도 합니다. 모두 우리 사회가 금지한 선을 넘은
아이들입니다.

소년법정에 관심을 가져 본 이들이라면 꽤 인상적인 별
명을 가진 법관으로 저를 기억하고 있을지도 모르겠습니

다. 이름보다 '호통판사'란 별명으로 더 많이 알려져 있기 때문입니다. 저는 요즘 아이들 식으로 말하면 '별명 만수르'입니다. '호통판사' 말고도, '사이다 판사' '천10호' '두 얼굴의 사나이' '만사소년'(모든 일에 아이들 생각만 한다는 뜻) 등 아주 독특한 별명을 많이 가지고 있지요. 제가 가장 좋아하는 것은 사이다 판사란 별명입니다.

사이다 판사는 창원지방법원 부장판사 시절, SBS 다큐멘터리 프로그램 〈학교의 눈물〉에 제가 재판하는 소년법정이 소개된 뒤에 얻은 별명입니다. 그때 선처를 호소하는 가해 학생에게 "안 돼! 안 바꿔 줘!"라고 호통치는 모습이 영상으로 나갔는데, 그 장면이 사람들에게 깊은 인상을 남겼던가 봅니다. 방송이 끝난 뒤에도 답답하고 부조리한 상황에서 그 영상이 패러디되곤 했는데, 그 과정에서 생긴 별명이지요. 엄숙하고 권위적인 법정 이미지와는 사뭇 달라 신선하기도 했겠지만, 사람들이 법이나 법관에게 기대하는 모습도 사이다처럼 속 시원한 호통 한 방 같은 것이 아닐까 하는 생각이 들기도 했습니다. 법정이란 곳이 어떤 의미에서는 사람들의 마음속에 맺힌 응어리를 푸는 곳이기도 하니까요.

그런데 제게 사이다 같은 호통을 기대하는 사람들도 왜

제가 법정에서 호통을 치는지 그 숨은 이유까지는 잘 모르는 경우가 많습니다. 사실 법정만큼 호통과 안 어울리는 장소도 없을 것입니다. '정숙'이라는 표지판이 따로 없다고 해도 법정은 정숙을 요구하는 장소니까요. 더욱이 재판을 운영하는 판사의 입에서 고함이 터져 나오는 광경은 보는 이에 따라 무척 불편하게 다가갈 수도 있습니다. 조그만 말실수로도 '막말판사'라는 지탄을 받기에 충분한 곳이 바로 법정입니다. 그럼에도 법관인 제가 숙연한 법정 공기를 흐트러뜨리면서까지 아이들에게 호통을 칠 수 있었던 것은 그곳이 소년법정이었기 때문입니다. 소년법은 '소년이 건전하게 성장하도록 돕는 것을 목적'으로 한다고 되어 있습니다. 소년들의 품행 교정과 건전한 성장을 위해 만들어진 법이므로 필요하다면 호통을 빌려서라도 자신의 비행에 대해 스스로 돌아볼 수 있기를 바랐습니다.

법정에 온 소년들의 상황은 마치 고구마를 삼킨 것처럼 답답했습니다. 요즘은 그나마 사정이 조금 나아졌지만, 제가 소년재판을 처음 시작하던 때만 해도 하루에 100명 가까이 재판을 했습니다. 상황이 이렇다 보니 한 아이에게 주어진 시간이라고 해 봐야 고작 3분 정도였지요. 3분이면 이름 한 번 부르고 "니, 이게 맞나? 앞으로는 그러면 안 된다."

대략 이 정도 말하고 나면 끝이었습니다. 이 이야기를 하자 어떤 분이 "3분이면 컵라면 하나 끓이는 시간 아닌가요? 앞 으론 '컵라면 재판'이라고 불러야겠어요."라고 해서 다 같 이 씁쓸하게 웃었던 기억이 있습니다. 이처럼 허락된 시간 이 너무나도 짧다 보니 아이들이 조금이라도 자기 잘못의 무게를 깨닫게 하는 한편, 다시는 법정에 서지 않기를 바라 는 아버지의 마음으로 호통을 치기 시작한 것입니다.

사실 제가 호통을 치는 대상은 대부분 가벼운 범죄로 집 으로 다시 돌려보내는 아이들입니다. 소년원에 보내는 아 이들에겐 되도록 호통을 치지 않습니다. 이미 무거운 처벌 을 받은 상태인데 거기에 호통까지 더하면 심리적인 부담 만 줄 뿐이니까요. 대신 그 아이들에게는 엄중한 처벌로 자 신의 잘못에 대한 책임의 무게를 느끼게 해 줍니다. 그래야 만 피해를 당한 사람도 억울함에서 벗어날 수 있고, 잘못을 저지른 아이도 자기가 어떤 피해를 입혔는지 뒤늦게나마 깨닫고 뉘우칠 수가 있기 때문이에요. 그래서 때로는 아이 들로부터 미움을 사거나 원망의 말을 듣기도 합니다. 아이 들 사이에서는 제 별명이 '천10호'로 통하기도 하는데, 소 년원에 2년 동안 보내는 가장 무거운 10호처분을 많이 내 린다는 뜻으로, 제 이름의 가운데 글자를 빼고 '10'이란 숫

자를 더한 것이지요. 아이들의 원망이 담긴 별명이라고 할 수 있습니다.

그런데 문제는 소년원에 보낼 정도로 중대한 범죄를 저지른 아이들만 소년법정에 오는 게 아니라는 것입니다. 부모와 학교의 보살핌을 제대로 받지 못한 채 거리를 떠돌다 비행세계에 발을 담그고, 그러다가 잡혀 와 소년재판에 넘겨지는 아이들이 훨씬 더 많습니다. 그러니까 제가 호통을 치는 것은 이런 아이들이 조금이라도 달라지기를 바라는 제 나름의 방법이자 간절한 호소라고 할 수 있습니다.

이렇게 저에게 소년재판을 받은 아이들 중에 소년원 생활을 무사히 마치거나 위탁 기간을 잘 넘기고 집으로 돌아간 뒤 종종 연락해 오는 경우가 있었습니다. 갑자기 아파 죽겠는데 아무도 챙겨 줄 사람이 없다고 울면서 전화를 하거나, 부모님이 이혼소송을 하려고 하는데 어떻게 하느냐고 묻거나, 오토바이를 타고 가다 교통사고가 났다며 도와 달라고 전화를 걸기도 합니다. 아이들이 판사인 제게 스스럼없이 연락한다는 것은 적어도 비행을 저지르고 있지 않다는 것을 의미하기에 성가시기는커녕 늘 반갑고 고마울 뿐입니다.

어느 해 여름, 은미에게서 전화가 걸려 왔습니다.

"니 지금 어디고?"

"부산인데요……저……지금 돌아가면 소년원 보내실 거예요?"

전화를 걸어온 은미는 열일곱 살로, 4월에 다른 사람 명의로 체크카드를 발급받은 뒤 이를 갚지 않아 재판을 받았습니다. 중학교 2학년 때 헌혈을 하다 알게 된 자기 혈액형이 자신의 부모로부터는 나올 수 없는 것이라는 것을 알고는 부모님이 친부모가 아니란 생각에 무작정 집을 나와 경험하지 않으면 좋았을 것들을 많이도 경험했던 아이였습니다. 2년간의 보호관찰을 조건으로 이레센터에 위탁된 은미는 나름대로 성실히 생활하다가 다른 아이들과 의기투합하여 방충망을 뚫고 무단이탈을 하고 말았습니다. 그러다 얼마 못 가 제게 연락을 한 것이었습니다.

"지금 당장 판사실로 오면 한 번 더 기회를 줄 수 있으니 빨리 오너라."

"알겠어요. 그런데요……저……판사님."

"또 뭐고?"

"저……창원으로 갈 차비가 없어요."

버럭 호통이라도 치고 싶은 심정이었으나 감정을 꾹 누

르고 차분히 통화를 이어갈 수밖에 없었습니다. 은미가 창원으로 오지 않고 그대로 부산에 주저앉는다면 영영 그 세계에서 빼내 올 수 없다는 사실을 잘 알기 때문이었습니다.

"차비는 걱정하지 말고 빨리 택시 타고 법원까지 오너라. 법원에 도착하면 전화하고."

돌아온 은미는 얼굴이 초췌한 것이 밤에 잠을 제대로 못 잔 것처럼 보였습니다. 혹시 그사이에 무슨 일이라도 있었던 것은 아닌지 걱정이 되었습니다

"어젯밤에 뭐 했는데 얼굴이 그렇노?"

그러자 은미는 무덤덤하게 대답했습니다.

"그냥 놀았어요."

저는 더는 캐묻지 않았습니다. 앞으로의 일에 대해 짧게 이야기를 나눈 뒤, 함께 점심을 먹으러 갔다가 다시 사무실로 돌아왔습니다. 업무 때문에 은미를 잠깐 소파에 앉아 있으라고 하고선 책상에 앉아 일을 보고 있는데 은미가 밀려드는 졸음을 더 참을 수 없다는 표정으로 연신 하품을 하는 게 보였습니다.

"피곤하면 잠시 눈 좀 붙여라."

"여기서 자도 돼요?"

"그래, 내 신경 쓰지 말고 자고 싶으면 한숨 자라."

그러자 은미는 금세 잠이 들었고, 나중에는 고개를 옆으로 떨구고 "쌕~쌕~"하는 숨소리까지 내며 곯아떨어져 버렸습니다.

죄를 짓지 않은 사람도 판사 앞에 서면 왠지 마음이 위축되는 게 인지상정입니다. 하물며 범죄를 저지른 아이들에게 자신의 보호처분변경권을 가진 소년부 판사는 세상에서 가장 무서운 존재일 수밖에 없습니다. 그런 까닭에 사납게 날뛰던 소년도 판사 앞에 서면 순한 양으로 변합니다. 속으로는 그렇게나 무서워하는 판사의 집무실에서 저토록 곤하게 잠이 든 은미를 보니 이탈 이후의 생활이 어땠을지 짐작되고도 남았습니다. 저는 은미가 편하게 잘 수 있도록 작게 음악을 틀어놓고 책상에 앉아 남은 업무를 처리했습니다. 한참 시간이 흘렀을 무렵, 판사실 주임이 노크도 없이 살그머니 문을 열고 안을 둘러보다 화들짝 놀란 얼굴로 다시 방문을 살며시 닫고 나갔습니다. 오후 늦게 은미를 맡아 줄 분에게 연락이 왔기에 그제야 잠자는 은미를 흔들어 깨운 뒤 내보냈습니다. 은미가 가고 나자 주임이 들어왔습니다.

"점심시간이 지나 사무실로 돌아와 보니 판사실의 문 틈새로 소파에 기대 잠든 학생의 모습이 보이더군요. 판사님은 아직 돌아오시지 않고 학생 혼자서 잠이 들었다고 저혼자 짐작했어요. 참 철이 없다는 생각이 들면서도 한편으로는 측은한 마음도 들었습니다. 그런데 한참이 지나도 판사님이 오시지 않아 아무래도 이상하다는 생각에 문을 살짝 열고 들여다보니 책상 앞에 앉아 업무를 보고 계시는 판사님 모습이 눈에 들어왔어요. 많이 놀랐습니다."

주임은 험한 세상에 겁 없이 나섰던 어린 영혼이 판사실에서 근심을 내려놓고 고른 숨을 내쉬며 자는 모습에 너무나 먹먹했다고 했습니다.

"눈물이 날 것 같더라고요. 그래서 조용히 방문을 닫았습니다. 저도 모르게 그저 이 시간이 느리게 가기를 바랐습니다."

비행소년들은 마음 둘 곳도 편히 쉴 곳도 없는 아이들이 대부분입니다. 잘못을 저지른 아이들이지만 마음의 상처를 달래고 몸과 마음을 누일 작은 자리만 있어도 아이들은 분명 달라질 수 있습니다. 그러나 불행히도 우리 사회의 비행소년들이 처한 환경은 상상할 수 없을 만큼 나쁩니다. 아픈데 치료를 받지 못해 차라리 소년원에 보내 달라고 요청하는 아이가 있는가 하면, 배가 고파서 슈퍼에서 과자를 훔치다 법정에 서는 아이도 많습니다.

모두가 다 그렇다고 할 수는 없지만 단순화시켜 설명하면, 비행을 저질렀을 때 보호자나 가족의 관심을 받고 있는 아이들은 그들의 도움을 받아 피해자에게 피해를 변상하고 용서를 받아 경찰 단계에서는 훈방조치를, 검찰 단계에서는 기소유예처분을 받을 가능성이 큽니다. 하지만 그렇지 못한 아이들은 소년법정까지 가게 될 가능성이 상대적으로 높습니다. 소년법정에 서는 아이 중 남다르게 경제적 어려움을 겪는 아이들이 확률적으로 많은 이유이지요.

물론 가난하다고 해서, 또 부모가 없다고 해서 모두 비행을 저지르는 것은 아닙니다. 하지만 그 아이들에게는 어떤 형태로든 돌봐 줄 어른이 곁에 있었을 것입니다. 게다가 비행소년 주위에는 비슷한 처지에 놓인 친구들이 많습니다. 보호해 줄 어른이 없고, 좋은 동행이 되어 줄 친구들도 적은 상태에서 아이가 올곧게 성장한다는 것은 그야말로 판타지 소설에나 나올 법한 이야기일지도 모릅니다. 아이들은 리트머스 시험지 같은 존재입니다. 아직 스스로 자신을 보호할 힘이 없는 아이들에게는 주위 환경의 영향이 절대적입니다. 그런데 아이들이 처한 환경에 대한 이해나 배려 없이 부모가 없다는 이유로, 또 골칫덩이라는 이유로 그

많은 아이들이 공공연하게 버림받고 있는 현실을 직접 눈앞에서 목격하는 일은 늘 가슴이 쓰라립니다.

　은미는 그 후 별다른 비행 없이 열심히 생활하였습니다. 잊을 만하면 한 번씩 전화를 했고, 최근에도 잘 지내고 있다는 연락을 받았습니다. 마음 누일 곳을 찾지 못하고 밤거리를 떠도는 은미와 같은 아이들이 언젠가는 자신만의 작은 안식처를 찾기를 바라며 나쓰메 소세키의 소설 『풀베개』에 나오는 한 구절을 조용히 떠올려 봅니다.

　산길을 오르면서 이렇게 생각했다.
　지智로만 살면 모가 나고
　정情으로만 살면 흘러가 버리고
　의지意志로만 살면 답답하다.
　좌우간 인간 세상이란 살기 어려운 세상이다.
　살기 어렵기가 극에 이르면 쉴 곳을 찾아 떠나고 싶어
　진다.
　어딜 가나 살기 어렵기는 마찬가지라는 것을 깨달을 때
　시가 써지고, 그림이 완성된다.

어린 장발장들을 위한
변명

사람들은 범죄자를 혐오합니다. 누구나 실수할 수 있다는 말에는 고개를 끄덕이면서도 범죄자에 대해서만큼은 유독 엄격한 잣대를 가진 사람들이 많지요. 소년범에 대한 시각도 마찬가지입니다. 그 때문인지 비행 초기 소년들의 안타까운 실상을 알리고 그들의 처우를 개선하기 위해 많은 분을 만나 오면서, 가장 자주 들었던 이야기 중 하나가 "비행소년들은 엄벌에 처해야 한다."라는 것이었습니다.

사실 비행소년이나 소년범에 대한 처벌 수위를 강화해야 한다는 여론은 어제오늘 일이 아닙니다. 소년범죄 사건이 수면 위로 떠오를 때마다 단골 소재로 등장하는 이야기지요. 지난해 tvN의 〈유 퀴즈 온 더 블럭〉이란 프로그램에 출연한 적이 있었는데, 국민 MC로 알려진 유재석 씨도 같은 질문을 했습니다. 소년법의 처벌 규정이 너무 약하지 않느냐는 이야기였지요. 소년범들을 더 강하게 처벌해야 한다는 국민 여론을 의식해 던진 질문이었을 것입니다. 그 물음에 대한 저의 대답은 평소와 크게 다르지 않았습니다.

"물론 사안에 따라 엄벌도 필요합니다. 저 역시 심각한 비행을 저지른 소년들에 대해서는 소년법에서 정한 처분 중에서 가장 엄중한 처벌을 내렸습니다. 그 때문에 아이들로부터 원망을 듣기도 했지요. 문제는 그다음입니다. 처벌은 하되 다시 비행을 하는 일이 없도록 국가와 사회에서 좀 더 신경을 써야 합니다. 청소년은 살아온 날보다 살아갈 날들이 더 많이 남은 존재이고, 비행소년도 우리 사회의 청소년이니까요. 엄벌할 땐 하더라도 응분의 처벌을 받은 뒤에는 사회 구성원으로 살아갈 수 있도록 돕는 것이 국가의 책무이자 사회 전체의 건강과 발전을 위해서도 이로운 선택이 아닐까요?"

죄를 지으면 벌을 받는 것은 당연합니다. 소년범이라고 해서 예외가 될 수는 없지요. 그런데 엄벌을 요구하기 전에 먼저 알아야 할 것이 있습니다. 전체 소년범죄 사건 중에서 학교폭력, 살인, 성폭행 등 중범죄 사건이 차지하는 비율은 생각과 달리 그렇게 크지 않다는 사실입니다. 이러한 사건 보다는 소위 '생계형' 범죄 사건이 훨씬 더 많은 편입니다.

제가 소년법정에서 만난 아이들 중에도 생계형 비행으로 법정에 선 아이들이 압도적으로 많았습니다. 소년범죄 중 가장 큰 비율을 차지하는 것이 물건을 훔치는 '절도'인데, 이 중에는 슈퍼에서 과자를 훔친 죄로 법정에 선 아이도 있었지요. 이 정도면 사실 범죄라고 말하기에도 민망한 수준입니다. 물론 작든 크든 다른 사람의 물건을 훔친 것은 잘못입니다. 하지만 보통의 가정에서 자란 아이라면 이만한 일로 법정까지 오는 일은 없었을 것입니다. 부모가 아이를 데리고 가서 사과를 하고 물건을 되돌려 주거나 값을 변상해 주는 것으로 마무리가 됐겠지요. 그런데 마땅히 돌봐줄 어른이 없는 아이들은 이런 정도의 경미한 비행으로도 법정에 서는 경우가 있습니다. 현대판 '장발장'이라고 할 수 있습니다.

열일곱 살인 영우는 아르바이트를 하던 피시방에서 돈을 훔쳤다는 이유로 소년재판을 받게 되었습니다. 영우는 아버지와 새어머니, 이복동생과 함께 살고 있었고, 부모와의 관계가 좋지 못했으며 친어머니와는 연락이 끊어진 상태웠습니다. 그런데 처분을 내리기 전 비행예방센터에서 상담 조사를 받던 영우가 상담교사의 돈을 훔쳐 달아났고, 재판에도 출석하지 않았습니다. 그러다 오토바이를 훔쳐 무면허로 운전을 하다 붙잡혀 와서 결국 법정에 서게 되었습니다. 저는 고개를 숙이고 있는 영우에게 물었습니다.

"왜 자꾸 가출을 하고 그래?"

"독립하기 위해서 그랬습니다."

"왜 독립이 하고 싶었는데?"

영우는 대답하지 않았습니다.

"독립한다는 게 겨우 도둑질이야?"

"……잘못했습니다."

"집으로 돌아가고 싶어?"

"예. 언제까지 이렇게 살 수 없다는 생각도 들고……."

"집으로 돌려보내면 또 가출하고 그럴 거 아니야?"

"아닙니다. 절대로 가출하지도, 말썽을 부리지도 않겠습니다."

하루아침에 관계가 씻은 듯 회복되기는 어려운 일이지만 앞으로의 몫은 가족들의 노력 여하에 달린 것이라 생각하고 저는 영우에게 보호관찰을 조건으로 부모에게 돌려보내는 처분을 내렸습니다. 그런데 영우의 어머니가 제게 꼭

하고 싶은 말이 있다고 법정으로 들어오더니, "영우를 절대로 집에 데려갈 수 없습니다. 소년원에 보내주세요."라고 말하는 것이었습니다.

"어머님, 이미 판결은 내려졌습니다. 아이를 데리고 집으로 돌아가십시오. 어머님이 원한다고 소년원에 보내고, 원하지 않는다고 보내지 않고 할 수 있는 게 아닙니다. 법이란 게 부모님 뜻에 따라 좌지우지되는 게 아닙니다."

저의 태도가 완고하자 더는 말을 하지 못하고 법정 밖으로 나간 어머니는 "나는 이 애를 집으로 데려갈 수 없어요. 그러니 애를 호송차에 태워 소년원으로 데려가세요!"하며 소란을 피웠습니다. 저는 당혹감을 감출 수가 없었습니다. 큰마음으로 그동안의 허물을 덮고 '아들아, 고생 많았지. 자, 어서 집으로 가자.'라며 기쁘게 맞이했다면 얼마나 좋았을까요? 영우가 반성하며 눈물을 쏟아 내긴 했지만 그건 아직 영우의 의지에 불과합니다. 그 의지의 싹이 잘 자랄 수 있도록 도와주는 것이 어른들의 역할입니다. 그런데 그 싹이 세상 밖으로 채 나오기도 전에 무참하게 짓밟힌 것입니다. 우려했던 대로 영우는 처분 이후 다시 가출했다가 붙잡혔고, 1년여 만에 법정에서 다시 만나게 되었습니다. 이번 재판에는 아버지의 모습이 보여 내심 아들의 선처를 호소하지 않을까 기대했지만, 그런 기대는 곧 무너졌습니다.

"영우야, 왜 약속을 어기고 다시 가출했어?"

"지난번 재판을 마치고 집으로 가니 부모님께서 화를 내시며 '소년원에 가지 왜 왔냐.'라고 하는 거예요. 그래서 화가 나서 대들었습니다. 홧김에 소년원에 갈 테니 태워다 달라고 아버지께 말씀드렸더니 정말로 저를 차에 태워 창원지방법원 앞에 내려놓고 돌아가 버렸어요. 그래서 다시 가출 생활이 시작된 거예요."

결국 영우는 재판을 받은 뒤 소년원에 보내지게 되었습니다.

흔히 법이 내리는 판결은 서릿발처럼 차갑다고 말합니다. 개인 사정을 봐주지 않고 공평하게 죄의 무게에 따라 심판하기 때문입니다. 하지만 법에도 눈물은 있습니다. 이 말은 법이 물렁해도 된다거나 인정에 사로잡혀 그릇된 판단을 하라는 의미가 아니라, 법의 원래 목적인 정의에 비추어 판단할 때도 있다는 뜻입니다. 만약 여러분이 법관이라면 굶주림에 못 이겨 과자를 훔친 아이에게 어떤 처분을 내리겠습니까? 겨우 과자 한 봉지니까 잘 타일러서 돌려보낼까요? 그런데 만약 이 아이가 과자를 훔친 것이 처음이 아니라면요? 이런 경우 법에서는 가중처벌 대상이 되어 죄가 더 무거워집니다. 장발장이 굶주리는 어린 조카들을 위해 빵 한 덩이를 훔치고 19년이라는 긴 수형 생활을 한 것도 여러 가지 이유로 가중처벌이 적용되었기 때문입니다.

원칙에 따라 공정한 처분을 내렸다고 해도 그것이 너무 비인간적인 처사라고 느껴지면 우리는 법에 대해 의문을 갖게 됩니다. 장발장은 빵 한 덩이를 훔친 죄로 19년 동안 사회와 격리된 채 죄수로 살아야 했습니다. 그것이 적법한 절차에 의한 것이라 해도 이쯤 되면 아무리 바탕이 선량한 사람이라도 사회에 대한 원망이 남을 것입니다. 이런 장발장을 새로운 길로 이끈 것은 한 신부님의 자비였습니다. 만약 그 신부님마저 장발장을 혐오스러운 눈길로 바라보고 단죄하려 했다면 우리가 아는 마들렌 시장은 탄생하지 않았겠지요.

장발장을 새로운 길로 안내한 신부님의 속 깊은 자비처럼, 비행소년들에게도 새로운 삶의 기회를 줄 제도적 뒷받침이 필요합니다. 그렇지 않으면 주어진 선택지가 별로 없는 비행소년들은 살기 위해서라도 재비행의 늪에 빠질 수밖에 없고, 이는 결국 사회적으로 범죄자를 늘이는 꼴밖에 되지 않기 때문입니다. 실제로 소년보호처분을 받은 비행소년들의 재범률은 상당히 높은 편이고, 수치 또한 점점 증가하고 있습니다. 최근 통계에 따르면 보호관찰처분을 받은 청소년의 90퍼센트가 1년 안에 다시 범죄를 저지른 것으로 나타났는데, 심층면담을 진행한 결과 그 원인은 '비행소년' 또는 '범죄자'라는 사회적 낙인 때문으로 드러났습니다.

흔히 산불은 초기 대응이 중요하다고 말을 합니다. 초기에 발견해서 불씨가 더 번지지 않도록 조치를 취하면 더 큰 화재로 번지는 걸 막을 수 있기 때문이지요. 비행소년에 대한 대응도 마찬가지입니다. 사람이 살아가다 보면 누구나 실수나 잘못을 할 수 있습니다. 그런데 단 한 번의 실수나 잘못도 용인하지 않고 일찌감치 사회적 낙인을 찍어 버리면 더 잘못된 길로 빠지기 쉽습니다. 사람이 바뀌려면 미래에 대한 희망이 있어야 하는데 이미 '범죄자'라는 꼬리표가 달린 상태에서는 희망을 품기가 어렵기 때문이지요. 하지만 반대로 적절한 교육을 통해 비행의 문제점을 알려 주고, 아이가 반성할 수 있도록 주변에서 공감과 지지를 보내 주면 실수를 발판 삼아 성장할 수 있습니다.

그날 법정에서 영우는 순순히 처분을 받아들였습니다. 처분을 내리며 영우가 소년원에서 학교도 마치고 기술도 배우고 나와 어엿한 사회인이 되길 빌어 주었습니다. 방황하며 상처 입은 마음, 눈물로 얼룩진 아이들의 마음을 누군가는 다독여 주어야 합니다. 이 아이들에게도 잘못을 저질렀으나 두 팔 벌려 품어 주는 존재가 있어야 합니다. 제가 비행소년들과의 소통의 끈을 놓지 않고 언제나 아이들 편에 서려는 이유입니다.

한 아이가 그대를
열심히 사랑합니다

소년재판을 하면서 깊이 실감했던 것은 우리 사회의 가정 해체 문제가 생각 이상으로 심각하다는 것이었습니다. 비행을 저지르고 법정에 온 소년들은 편모, 편부, 조모, 조부, 형제자매, 혹은 친척 집에 얹혀 있는 경우 등 결손가정의 아이들이 많았습니다. 또 겉보기에 온전한 형태의 가정이라 해도 부모와의 관계가 원만하지 못한 경우가 대부분입니다. 부모에 대하여 반항심을 가진 비행소년들도 많은데, 특히 아버지의 폭력에 대해 극도의 증오심을 가진 아이들이 많습니다. 반대로 자식에 대해 진절머리를 내는 부모도 있습니다. 법정에서 뺨을 때리는 아버지를 노려보며 "그래, 더 때려 봐라."라며 고함을 치는 소년도 있었지요.

얼핏 막장 드라마 같은 모습을 보일 때도 있지만 그래도 소년법정은 뿔뿔이 흩어져 있던 가족이 모이는 장이 됩니다. 직장 때문에 다른 지역에 거주하고 있던 부모가 자식이 걱정되어 달려오거나, 이혼해서 따로 살던 아버지, 어머니가 자식이 재판을 받게 되었다는 소식을 듣고 법정으로 달려오기도 합니다. 남편의 방해로, 혹은 이혼 후 남편이 무서워 아이들을 만나지 못하던 어머니가 자식이 걱정도 되고 보고도 싶어 출석하기도 하지요. 소년들은 법정에서 오랫동안 만나지 못했던 아버지, 어머니를 만나게 되면 반갑고도 원망스러운 마음에 감정이 북받쳐 어쩔 줄 몰라 합니다.

근본 원인이야 어찌 되었든 일단 부모와 가족에게 심려를 끼치고, 사회에 물의를 일으킨 것은 소년 자신입니다. 그래서 늘 소년들에게 부모와 가족을 향해 꿇어앉아 '어머니, 아버지 잘못했습니다. 다시는 그러지 않겠습니다.'를 열 번씩 외치게 하거나 '어머니, 아버지 사랑합니다.'를 열 번씩 외치게 하였습니다. 소리가 작거나 형식적이라고 생각될 때는 '마음에 진심을 담아 다시 열 번 더 외쳐라.' 하고 호통을 치기도 합니다. 이때 난생처음으로 부모에게 '사랑합니다.'란 말을 해 봤다는 소년들도 많습니다.

반복의 효과는 생각보다 큽니다. 밖으로 돌던 말이 소년의 마음속으로 들어가는 것이 느껴집니다. 얼떨결에 한 번, 두 번 외치다 보면 자기도 모르는 사이 가슴에서 무언가가 올라와 소년을 울컥하게 만들고, 이를 듣고 있는 부모의 마음도 울리게 만듭니다. 특별한 경우에는 부모로 하여금 소년을 향해 마주 꿇어앉게 하여 '애야, 내가 잘못했다. 용서해라.'를 열 번씩 외치게도 했습니다. 그런 뒤 소년과 부모를 껴안게 하는데 그럴 때면 대부분 서로 부둥켜안고 울음을 터뜨리지요. 법정이 떠나가라 엉엉 소리 내어 우는 가족도 있습니다. 울음으로 공명하면서 관계회복의 출발점에 서게 되는 것입니다.

열여섯 살인 선주는 자신을 험담하고 다녔다는 이유로 아이들을 폭행하고, 친구들과 함께 가게에서 화장품을 훔치다 적발되어 법정에 섰습니다. 이 사건 외에는 소년보호처분을 받은 전력이 없는 아이였지요. 그런데 보호관찰소에서 아이의 폭력성이 심한 점과 기타 사정에 비추어 볼 때 9호처분을 내리는 것이 좋겠다는 의견을 보내왔습니다. 9호처분은 6개월간 소년원에서 생활하는 것으로, 10가지 소년보호처분 중 2년간 소년원에 보내지는 10호처분 다음으로 무거운 처분입니다. 단순 폭행과 절도밖에 없는 선주의 비행에 대해 9호처분을 내려 달라는 의견은 일반적인 상황이 아니었기에, 보호관찰소가 제출한 결정전 조사서를 한 번 더 자세히 읽어 보았지요. 거기에는 다음과 같은 내용이 적혀 있었습니다.

선주에게는 남동생이 한 명 있었는데 어릴 적에 식중독으로 사망했습니다. 아들의 죽음에 충격을 받은 선주 아버지는 아들이 죽게 된 것이 모두 부인 때문이라고 여기고 부인과 선주에게 폭력을 행사하기 시작하였고, 슬픔을 달래기 위해 술에 의존하다 보니 알코올 의존증까지 갖게 되었습니다.

선주 아버지의 주사와 폭력은 당시까지도 계속되고 있었습니다. 선주는 동생의 죽음으로 인한 충격과 아버지의 폭력에 대한 반항심으로 초등학교 때부터 엇나가기 시작하여 음주와 흡연을 하거나 외박을 하는 등 일탈행동을 하기 시작했습니다. 어린 나이임에도 임신을 했다가 낙태한 전력까지 있었지요. 이 사건 역시 이러한 일련의 방황 속에서 발생한 것이었기에 선주가 비행을 저지른 가장 큰 원인은 아버지의 폭력으로 인한 가정 문제에 있다고 볼 수 있었습니다. 장기간 폭력에 노출되다 보니 자신도 폭력성을 지니게 되었다고 볼 수 있는 상황이었기에 지금의 환경에서 떨어뜨려 놓는 것도 나쁘지 않겠다고 생각하며 사건에 대한 기록 검토를 마쳤습니다.

선주에 대한 심리가 열렸습니다. 법정에는 선주와 선주 어머니가 출석해 있었지요. 선주의 재비행을 막기 위해 가장 시급한 것은 가족과 아버지와의 관계회복이라는 생각이 들었기에 선주 아버지의 불출석에 안타까운 마음이 들었습니다. 그래서 선주에게 반성의 기회를 주는 한편, 어떤 처분이 적합한지 좀 더 생각하기 위해 일단 소년분류심사원에 임시위탁하기로 결정을 내렸습니다. 그런 다음, 선주 어머니에게 2주 뒤에 다시 재판을 할 것인데 그때는 꼭 남편분과 함께 오시라고 당부했습니다.

하지만 다음 재판일에도 선주 아버지는 여전히 법정에 출석하지 않았습니다. 그에게 당부할 말이 있었기에 아쉬웠으나 재판을 더는 뒤로 미룰 수 없는 상황이라 처분을 내리기로 했습니다. 앞서 보내온 보호관찰소의 의견과는 달리 소년분류심사원의 심사 보고서에는 선주를 부모에게 되돌려 보내도 좋다고 되어 있고, 일반 형사사건에서의 국선

변호사에 해당하는 국선보조인도 같은 의견을 제시하기에, 선주에게 단단히 주의를 준 뒤 보호관찰을 조건으로 부모에게 보호를 의뢰하는 처분을 내렸습니다.

그런데 그로부터 얼마 지나지 않아 선주와 다시 법정에서 만나게 되었습니다. 10여 차례의 상습 절도로 또다시 소년재판을 받게 된 것입니다. 몇 달 후 다시 선주에 대한 심리가 열렸습니다. 이전과 마찬가지로 선주와 그의 어머니만 법정에 출석해 있었고, 아버지의 모습은 보이지 않았습니다. 선주 아버지가 참석하지 않은 상태에서 선주에 대한 처분을 내리는 것은 선주에게도 가족에게도 아무런 도움이 되지 않는다는 생각이 들어, 아버지를 소환하기 위해 기일을 3주 뒤로 연기하고 어쩔 수 없이 선주를 다시 소년분류심사원에 임시위탁시켰습니다. 그리고 선주 어머니에게 다음 기일에는 반드시 선주 아버지와 함께 오시라고 신신당부를 했습니다.

3주 뒤 선주에 대한 심리가 다시 열렸습니다. 다행히 부모님과 함께 법정에 들어오는 선주가 보여 마음이 놓였습니다. 오래 버티던 선주 아버지가 마침내 법정에 나와 주어 고맙기까지 했지요. 국선보조인의 의견을 들은 다음, 선주 아버지에게 말했습니다.

"아버님, 당신의 마음만 아픈 게 아닙니다. 따님과 부인께서도 함께 아픕니다. 부인은 아들의 죽음에 대한 죄책감, 딸의 방황, 좌절한 아버님 모습 때문에 우울증을 앓고 있습니다. 따님도 동생의 죽음과 아버님의 폭력에 갈피를 잡지 못하고 방황하고 있습니다. 따님과 부인은 당신이 바로 서기를 간절히 바라고 있습니다."

그러고 나서 선주의 아버지에게 드라마 배경음악이었던 〈그 남자〉라는 노래의 가사를 '그 아이'로 바꾸어 읽도록 했습니다. 읽는 동안 그 아이가 바로 선주라는 걸 알아주기를 바라면서요.

한 아이가 그대를 사랑합니다
그 아이는 열심히 사랑합니다
매일 그림자처럼 그대를 따라다니며
그 아이는 웃으며 울고 있어요
얼마나 얼마나 더 너를
이렇게 바라만 보며 혼자
이 바람 같은 사랑 이 거지 같은 사랑
계속해야 네가 나를 사랑하겠니

한 아이가 그대를 열심히 사랑합니다

그 아이는 성격이 소심합니다

그래서 웃는 법을 배웠답니다

친한 친구에게도 못하는 얘기가 많은

그 아이의 마음은 상처투성이

그래서 그 아이는 그댈

널 사랑했대요 똑같아서

또 하나 같은 바보 또 하나 같은 바보

한번 나를 안아 주고 가면 안 돼요

난 사랑받고 싶어 그대여

매일 속으로만 가슴속으로만

소리를 지르며 그 아이는 오늘도

그 옆에 있대요

선주 아버지는 가사를 읽어 나가는 도중에 딸의 마음이 이해가 되었는지 흐느껴 울기 시작했습니다. 그러자 옆에서 듣고 있던 선주 모녀도 함께 울음을 터뜨렸지요. 낭독이 끝난 뒤 선주에게 부모님을 향하여 꿇어앉으라고 한 다음 '부모님 사랑합니다. 다시는 그러지 않겠습니다.'를 열 번 반복하게 했습니다.

선주는 법정 바닥에 꿇어앉아 눈물로 "부모님 사랑합니

다. 다시는 그러지 않겠습니다."를 반복하여 외쳤고, 이를 지켜보던 선주 부모는 고개를 떨구고 흐느꼈습니다. 선주의 외침이 끝난 뒤 선주 아버지에게도 꿇어앉아 '여보, 선주야. 아빠가 잘못했다. 용서해라.'를 열 번 외치라고 했습니다. 그러자 선주 아버지는 선주를 향하여 허물어지듯 마주 꿇어앉더니 작은 목소리로 흐느끼며 "여보, 선주야. 아빠가 잘못했다. 용서해라."를 반복했습니다.

아들의 죽음으로 인한 마음의 상처 때문에 스스로의 감정을 조절하지 못하고 있었지만 선주 아버지가 태생적으로 폭력적인 사람은 아닌 것 같아 보였습니다. 아버지의 외침에, 서서 듣고 있던 선주 어머니도 바닥에 꿇어앉아 딸과 남편을 끌어안고 울기 시작했지요. 선주 가족은 한동안 그렇게 서로를 부둥켜안고 울었고, 법정에 있는 다른 분들도 선주 가족과 함께 눈물을 흘렸습니다. 길지 않은 시간이었지만 울음으로 모두가 공명한 감동적인 순간이 아닐 수 없었지요.

선주 가족이 함께 부둥켜안고 눈물 흘리는 모습을 보니 관계회복의 작은 싹이 움트는 것 같아 비로소 마음이 놓였습니다. 보호관찰소에서는 선주를 소년원에 보낼 것을 건의했지만 그랬다가는 이제 막 회복되기 시작한 가족관계를 어그러지게 할 우려가 있고, 그로 인해 선주가 바로 설 수 있는 기회를 잃을 수도 있으리란 판단에 보호관찰을 조건으로 하여 부모의 품으로 돌려보냈습니다. 그 이후 선주는 지금까지 보호처분을 위반하거나 재비행하지 않고 잘 생활하고 있는 것으로 알고 있습니다. 선주네 가족이 어렵게 잡은 관계회복의 실마리를 놓치지 않고 부디 잘 극복해 가기를 바랍니다.

훔치고 싶은 유혹이 들면
이 지갑을 생각해

　"좋은 추억, 특히 어린 시절 가족 간의 아름다운 추억만큼 귀하고 강력하며, 아이의 앞날에 유익한 것은 없다는 사실을 명심하라. 사람들은 교육에 대해 많은 것을 말한다. 그러나 어린 시절부터 간직한 아름답고 신성한 추억만 한 교육은 없을 것이다. 마음속에 아름다운 추억이 하나라도 남아 있는 사람은 악(惡)에 빠지지 않을 수 있다. 그리고 그런 추억들을 많이 가지고 인생을 살아간다면 그 사람은 삶이 끝나는 날까지 안전할 것이다."

　도스토예프스키는 자신의 소설『카라마조프 가의 형제들』에서 어린 시절의 행복한 추억이 가진 힘에 대해 이렇게 말하고 있습니다. 굳이 대문호의 문장을 빌지 않더라도 어린 시절 가족과 함께한 아름다운 추억이 평생을 살아가는 힘이 되어 준다는 사실을 부인할 사람은 없겠지요. 아버지가 엄마 몰래 건네주던 용돈, 엄마가 목욕 후에 발라 주던 향긋한 로션 냄새, 첫 가족여행 등 사소하지만 잊을 수 없는 기억들은 영혼의 화석처럼 마음속 깊은 곳에 남아 우리를 선한 길로 안내합니다. 그런데 세상에는 누구에게나 있을 법한 평범하고 따스한 기억조차 가지지 못한 사람들도 있습니다. 부모를 일찍 여의거나, 있어도 아무런 보호막이 되어 주지 못해 길 위에서 떠도는 아이들이 많기 때문입니다.

열여덟 살 금희와 열다섯 살 은희는 세 살 터울의 자매로, 편의점에서 돈을 훔치다 소년재판을 받게 되었습니다. 그동안 여러 차례 물건을 훔친 전력이 있었지만 형사사건으로 입건된 것은 이번이 처음이었지요. 두 자매는 초등학교에 들어가기도 전에 어머니와 헤어졌습니다. 언니인 금희가 일곱 살이었을 때 부모가 이혼을 했고, 얼마 안 가 재혼한 어머니가 관계를 끊기를 원했다고 합니다. 아버지는 홀로 두 딸을 키우다가 금희가 열세 살 무렵 길거리에서 동사했고요.

아버지가 돌아가신 후 갈 곳이 없던 자매는 이모 집, 고모 집, 쉼터 등을 전전하다가 사건 당시에는 일정한 거처 없이 찜질방이나 모텔 같은 곳을 떠돌며 생활하던 상태였습니다. 주변의 보살핌을 제대로 받지 못하고 도덕적 가르침도 받지 못한 채 천덕꾸러기가 되어 살아가던 자매는 배가 고프거나 필요한 게 있으면 다른 사람의 물건을 훔치는 것으로 욕구를 해결했고, 도벽은 습관이 되어 아무런 죄의식도 갖고 있지 않은 상태였습니다.

금희, 은희 자매에 대한 심리가 열렸습니다. 고모가 보호자로 법정에 출석했지만 말썽 많은 조카들 때문에 힘들었는지 많이 지쳐 보였습니다. 계속 아이들을 데리고 살지는 않지만 그래도 조카들이 비행을 저지를 때마다 뒷수습하러 다니던 고모였는데, 반복되는 비행에 두 손을 놓은 듯했지요.

"판사님, 저는 정말 쟤들 도벽 때문에 진절머리가 납니다. 부모 없는 아이들이 불쌍하기는 해도 저희도 형편이 좋지 않아 저 아이들을 맡을 수가 없습니다."

"그럼 어떻게 했으면 좋겠습니까?"

"차라리 소년원으로 보내 주세요."

자식이라면 저런 말이 스스럼없이 나올까 싶었지만 지치고 힘들어 보이는 고모의 얼굴이 입을 다물게 했습니다.

자기 자녀를 키우기에도 형편이 어려운데 도벽이 심한 조카들까지 돌보다 보니 본인의 가정도 엉망이 되고 그로 인해 시댁과 남편의 눈치를 보느라 마음고생을 많이 한 것 같았기 때문입니다.

"고모님 입장도 충분히 이해합니다. 하지만 이 아이들을 무조건 소년원에 보내는 것도 최선은 아닙니다. 무엇이 아이들의 장래를 위해 나은 방법인지 조금 더 고민을 해 봐야겠습니다. 고모님께서도 힘드시겠지만 한 번만 더 생각해 주십시오."

이렇게 말한 다음 심리를 20여 일 뒤로 미루고, 그동안 아이들이 충분히 반성하고 변화되기를 바라는 마음으로 소년분류심사원에 임시위탁시켰습니다. 그리고 며칠 뒤 업무차 부산소년원에 들렀다가 금희, 은희를 잠깐 만났습니다. '오륜정보산업학교'라는 명칭의 부산소년원은 부산 금정구 산자락에 자리잡고 있습니다. 겉으로 보기에는 일반 학교처럼 보이지만 창문마다 굵은 쇠창살이 설치되어 있어 이곳이 일반적인 학교와는 다르다는 사실을 보여 주고 있었지요.

아이들이 지내는 소년분류심사원은 부산소년원 안에 있습니다. 소년분류심사원은 아이들이 처분을 받기 전에 잠시 생활하는 곳입니다. 말하자면 구치소 같은 곳이지요. 금희와 은희는 규칙에 얽매인 그곳 생활이 답답한지 어서 나가기만을 바라는 눈치였습니다. 게다가 자신들이 받게 될 처분에 대해서는 걱정을 하지만 비행에 대해서는 진지한 반성을 하는 것 같지 않아 보였습니다. 안타까운 마음이 들었지만 어린 시절부터 방치되어 자란 아이들이기에 단 며칠 사이에 변화된 모습을 기대하는 것은 욕심이라 생각하며 소년원을 나섰습니다.

얼마 후 금희, 은희에 대한 심리기일이 다시 잡혔습니다. 아이들을 둘러싼 상황을 다시 한번 짚어 보며 고심을 했습니다. 비행소년들 중에는 상습적으로 절도를 하는 아이들이 가장 많은데 그 주된 원인은 경제적 곤궁 때문입니다. 특히 가출청소년의 경우에는 당장 먹고살 돈이 필요한 상황이기 때문에 경제적인 문제가 해결되지 않는 한, 비행에서 벗어나는 게 불가능합니다. 금희와 은희도 비슷한 상황이었지요. 친지들도 가정 형편이 어려워 아이들을 충분히 도와줄 수 없는 상황이었기에 이대로 돌려보내면 먹고 살기 위해서라도 재비행을 할 수밖에 없을 테니까요. 더구나 소녀들의 경우에는 가출하게 되면 숙식 비용 등을 마련하기 위해 원조교제를 하는 경우가 많아 더 염려되었습니

훔치고 싶은 유혹이 들면 이 지갑을 생각해

다. 어디에서도 손 내밀어 주는 이가 없는 상황에서 두 아이가 그런 일에 말려들지 않으리란 보장이 없었기에 어떤 처분을 내려야 할지 난감했습니다.

이대로라면 소년원으로 보내는 게 차라리 낫겠다는 생각도 들었지만, 그 역시 쉬운 일은 아니었습니다. 비행 정도에 따라 적절한 처분을 해야 하는데 두 아이의 비행이 그 정도는 아니었기 때문입니다. 물론 어떤 아이들은 자발적으로 소년원을 택해서 학업을 마치거나 기술을 배워 자립을 위한 기반을 스스로 마련하는 경우도 있습니다. 비행 환경으로부터 격리된 곳이니 마음만 먹으면 좋은 기회가 될 수도 있는 것이지요. 하지만 그건 의지가 단단한 아이들의 경우라 두 자매와는 다른 상황입니다. 잘못하면 반대로 소년원에서 모르던 비행 수법을 배워 더 심한 범죄를 저지를 우려도 있기 때문에 비행 정도가 약한 아이를 맡아 줄 사람이 없다고 해서 소년원에 보내는 것은 위험한 선택입니다.

오래도록 고심한 끝에 그래도 소년원에 보내기보다는 사회로 돌려보내는 것이 낫겠다는 결정을 내렸습니다. 하지만 처분에 관한 결정을 내리고 난 뒤에도 아이들의 상황이 마음에 걸렸습니다. 어려운 상황이지만 법정에 선 이상 조그만 깨달음이라도 얻고 가기를 바라는 마음이 들었지

요. 그래서 이런저런 아이디어를 떠올려 봤지만 다 마뜩하지 않았습니다.

뾰족한 방법이 떠오르지 않아 며칠 내내 머릿속에 이런 저런 새집만 짓고 부수다가 결국 심리기일이 닥쳤습니다. 딱히 마음에 드는 방안은 아니었지만 그래도 그냥 이대로 돌려보낼 수는 없다는 생각에 머릿속을 스쳐 지나간 수많은 펄럭임 중 하나를 골랐습니다. 도벽에서 벗어나기를 바라는 마음으로 아이들에게 돈이 든 지갑을 선물하기로 한 것입니다. 심리가 시작되기 전 두 개의 지갑에 같은 액수의 돈을 넣어 법정에 가지고 들어갔습니다. 때마침 자매의 사건을 맡은 국선보조인이 하동에 계신 스님이 아이들을 보살펴 주실 수 있다고 하기에 어찌나 다행스럽던지 마음이 한결 편해졌습니다.

금희와 은희에게 2년간의 보호관찰을 조건으로 스님의 보호를 받도록 하는 처분을 내렸습니다. 그런 다음 아이들에게 준비한 지갑을 건네주며 이렇게 말했습니다.

"금희야, 은희야. 이제부터는 아무리 어렵더라도 절대 남의 물건에 손을 대서는 안 된다. 혹시 훔치고 싶은 유혹이 들 때면 이 지갑을 생각해라. 그리고 돈이 떨어지면 판사님에게 꼭 연락해. 그러면 판사님이 다시 채워 줄게. 그리고 다시는 이 법정에 와서는 안 된다.”

얼떨결에 지갑을 받은 아이들은 이게 무슨 상황인지 이해가 안 된다는 얼굴로 잠시 동안 나를 멍하니 바라보고만 있었습니다. 상황이 낯설고 어색해서 그런지 눈빛이 다소 불안해 보였습니다. 그 눈 속에 담겨 있던 복잡한 감정이 무엇이었는지는 잘 모르겠습니다. 다만 부모로부터, 사회로부터 따뜻한 온기를 받아 보지 못하고 자란 아이들이 세상에서 버림받았다는 절망으로 자신을 성급히 포기하는 일만은 없기를 간절히 바랐을 뿐입니다.

그러나 안타깝게도 그 바람은 이루어지지 않았습니다. 금희와 은희 모두 스님의 지극한 보살핌에도 불구하고 남자친구들이 유혹하자 지정된 거처에서 이탈하여 얼마 후 또다시 법정에 섰기 때문입니다. 결국 금희는 2년간 소년원에 보내지는 10호처분을 받았고, 동생인 은희는 한 번 더 용서를 받아 사회로 돌려보내졌으나 연락이 끊어졌습니다. 당시 들리는 소리로는 은희 곁에 그를 보호해 준다는 명목으로 함께 지내는 남자가 있었다고 합니다. 이제 겨우 열다섯 살을 넘긴 아이에게 몹쓸 짓을 할 생각을 하니 안타까운 마음을 금할 수 없었습니다. 차라리 언니인 금희처럼 10호처분을 했더라면, 하는 미련마저 생겼었지요. 그랬다면 언

훔치고 싶은 유혹이 들면 이 지갑을 생각해

니와 함께 지내기라도 했을 텐데. 그 후로도 두 자매를 생각하면 늘 마음이 편치 않았습니다.

그로부터 3년 정도가 지나 두 아이에 관한 소식을 들을 수 있었습니다. 금희는 소년원을 나온 이후 그곳에서 취득한 기술로 열심히 살아가고 있고, 은희는 이른 나이에 결혼해서 아이를 낳아 엄마가 되었다는 것이었습니다. 질풍노도의 시기를 벗어났다고 볼 수 있을 겁니다. 그 이후로는 그 아이들에 대한 소식을 듣지 못했습니다만, 아마도 지금은 비행에서 벗어나 어엿한 사회 구성원으로 성실히 살아가고 있을 것이라고 생각합니다.

어디 금희와 은희뿐일까요. 누구도 손을 잡아 주지 않아 일찌감치 길 밖으로 내몰린 아이들, 이른 나이에 잔인한 현실 앞에 아무런 보호막 없이 내던져진 수많은 아이를 생각하면 체한 것처럼 가슴이 답답해지곤 합니다. 조금만 더 힘을 모으면 구할 수 있는 아이들이 많다는 생각이 들기 때문입니다.

그런데 사람들은 힘을 모으기보다 나누고 갈라치기를 더 좋아하는 것 같습니다. 착한 아이와 나쁜 아이, 문제아와 모범생, 위기 청소년과 일반 청소년 등 참 많이도 나누고 벌려 놓았습니다. 어쩌면 이런 분별은 삶의 질곡을 한 번도 경험한 적이 없는 사람들의 머릿속에서 나온 것일지도 모르겠습니다. 한 번이라도 삶의 질곡을 경험해 본 사람이라면 이것과 저것 사이의 경계가 얼마나 얇고 부서지기 쉬운 것인지 알 테니까요.

금희와 은희처럼 비행소년들 중 대다수는 자신들의 힘만으로는 감당하기 어려운 삶의 질곡 속에서 어쩔 수 없이 나쁜 선택으로 내몰리는 아이들이 많습니다. 그래서 법정에서 소년들의 처지를 이해해 주고 그들의 숨은 가능성을 알아봐 주는 일은 혹독한 겨울을 녹이는 한 줄기 봄기운과도 같은 역할을 합니다.

제가 가까이에서 지켜본 비행소년 중에는 새로운 삶을 살기 위해 노력하는 소년들이 많았습니다. 바람에 휩쓸리는 나뭇잎처럼 어디에도 뿌리내리지 못하고 떠돌던 아이들이 작은 도움으로 자리 잡고 또 서서히 변화해 가는 모습을 지켜보는 기쁨은 특별합니다. 순수한 기쁨은 슬픔 뒤에서 천천히 걸어온다는 걸 깨닫게 되는 순간이지요. 그 아이들의 발돋움이 금희와 은희처럼 좌절하지 않기를, 강퍅하고 부조리한 현실의 벽 앞에서 무너지지 않고 이 땅에 단단히 뿌리내리기를 간절히 바랍니다.

아빠의 마음,
법관의 양심

　법관이 입는 옷을 법복이라고 합니다. 법복은 보기에는 어떨지 모르겠으나 입는 사람으로서는 여간 불편한 게 아닙니다. 여름엔 덥고 겨울엔 추우며, 활동하기에 편한 옷도 아니지요. 무엇보다 법복은 내 소유가 아니라 국가에서 대여하는 옷입니다. 만약 옷 관리가 허술해서 문제가 생기면 새로 구해야 하는데 아무 곳에서나 쉽게 구할 수 있는 옷이 아니니 곤란한 상황이 생기기도 하지요. 그런데 왜 굳이 이 불편한 옷을 입어야 하는 걸까요?

　법복을 입는 이유는 법관으로서의 소임을 잊지 말라는 뜻입니다. 법관도 사람이기에 법을 집행하는 데 있어 개인의 주관을 완전히 배제할 수는 없습니다. 자칫 잘못해서 선을 넘게 되면 공평한 법 정신에 위배되는 판결을 내릴 수도 있지요. 그런 일이 있어서는 안 되겠기에 법관으로서의 본분을 잊지 말고 엄정한 법 집행을 하라는 의미를 담고 있습니다. 그런데 법관의 양심에 따라 공정한 판결을 하는 것이 때로는 인간적인 괴로움을 낳기도 합니다.

늦가을이라고 하기엔 제법 추운 11월 중순, 바로 그 전날 소년재판을 받았던 경진이가 아버지와 함께 판사실로 찾아왔습니다. 열일곱 살인 경진이는 출산을 한 달 남짓 남겨둔 만삭의 임산부입니다. 무거운 몸을 이끌고 찾아온 경진이에게 맛있는 것을 사 주기로 했던 전날의 약속을 지키기 위해 법원 근처의 고깃집으로 갔습니다. 그리고 소년보호처분을 받은 경진이와 아이의 아버지, 그리고 경진이에게 보호처분을 내린 소년부 판사 세 사람이 어색하게 마주앉아 식사를 하기 시작했지요.

경진이와 처음 만난 것은 같은 해 여름이었습니다. 경진이는 중학교를 중도에 포기하고 지난 3월에 가출하여 친구들 세 명과 함께 상습적으로 절도를 하다 소년재판을 받게 되었는데, 재판에 출석하지 않은 채 계속 절도를 일삼다 체포되어 7월에 구속영장 실질심사를 받게 되었습니다. 신체의 자유를 구속하는 '구금'은 미성년자인 소년의 심신이나 장래에 악영향을 미칠 수도 있기 때문에, 소년법에서는 부득이한 사정이 인정되지 않으면 구속영장을 기각하도록 되어 있습니다. 하지만 경진이와 그 친구들의 경우에는 비행 횟수와 내용이 크고 무거운 데다 재판에도 출석하지 않았기 때문에 특별한 조치를 해야 했지요. 그래서 구속영장은 기각하되, 기존의 소년사건을 근거로 아이들 모두를 소년분류심사원에 임시위탁하는 결정을 내렸습니다.

그런데 소년분류심사원에 위탁된 뒤 그곳에서 신체검사를 받은 경진이에게 임신 17주라는 진단이 내려졌습니다. 그러자 경진이는 모르는 남자에게 성폭행을 당해 임신하게 되었다며, 낙태 수술을 해야 하니 집으로 돌려보내 달라고 떼를 썼습니다. 경진이의 말을 곧이곧대로 믿은 경진이의 아버지는 법원에 탄원서를 올려 선처를 호소했고, 소년분류심사원에서도 가급적 빨리 조치를 취해 줄 것을 요청해 왔지요.

지난 몇 년간 소년재판을 처리하면서 임신한 경험이 있는 소녀들을 제법 보았던 터라 소식을 들었을 때 그리 놀라지는 않았습니다. 당시 소녀들 사이에서는 임신을 하면 비행을 저질러도 소년원에 가지 않는다는 소문이 나 있는 상태였고, 실제로 그 때문에 일부러 임신한 소녀들도 있었지요. 임신한 소녀를 전문적으로 돌봐 줄 사람을 투입할 여력이 없는 소년원 사정상, 특별한 경우를 제외하고는 대부분 돌려보낼 수밖에 없었기에 저 역시 그런 처분을 할 수밖에 없었습니다.

그런데 비행을 저지른 소녀들은 출산보다는 낙태를 더 많이 선택하고, 출산하더라도 아기를 직접 기르려고 하기보다는 입양시키는 경우가 대부분이라는 걸 알기에 처분을 내리면서도 마음이 편치만은 않았습니다. 그래도 그동안은 소녀들이 드러내 놓고 낙태 의사를 밝히지 않았기에 양심의 가책은 덜 받을 수 있었지요. 하지만 이번에는 경진이가 공개적으로 낙태를 하겠다고 밝혔기 때문에 이전의 소녀들과는 사정이 달랐습니다.

게다가 직감적으로 경진이가 거짓말을 하고 있다는 느낌이 들었습니다. 성폭행을 당했다며 경진이가 써낸 사건 경위서의 내용이 억지스러웠기 때문이에요. 그러나 내 생각이 틀릴 수도 있고, 또 만일 경진이의 말이 진실이라면 그 아이를 보호하기 위해서라도 서둘러 조치를 취해야만 했기에 급히 국선보조인을 선정하여 경진이의 이야기가 진실인지를 알아봐 달라고 부탁을 했습니다.

국선보조인은 경진이를 여러 차례 만나 설득한 끝에 마침내 진실을 들을 수 있었습니다. 경진이의 임신은 성폭행 때문이 아니라 공범으로 함께 재판을 받게 된 남자아이와의 성관계 때문이었지요. 경진이의 이야기가 거짓말로 드러나자 관계자 모두 큰 충격을 받았습니다. 국선보조인도 최종적으로 경진이한테서 진실을 듣기 전까지는 판사인 제가 잘못 생각하고 있는 것은 아닌가 하는 마음이 들기도 했다고 말했을 정도니 충격이 클 수밖에요. 소년분류심사원 직원들도 성폭행 당시의 상황을 경진이한테서 몇 번씩이나 들었는데 그때마다 일관되게 이야기해서 경진이의 말이 거짓이라고는 상상도 못했다며 혀를 찼습니다.

　　하지만 진짜 문제는 그때부터 시작이었습니다. 경진이에 대한 처분을 어떻게 하는가에 따라 경진이의 인생과 아이의 배 속에 있는 태아의 생명이 좌우되기 때문이었지요. 임신한 점을 감안하여 경진이를 부모의 품으로 돌려보낸다면 이미 낙태 의사를 밝혔기 때문에 태아가 어떻게 될지는 불을 보듯 뻔한 일이었습니다. 게다가 경진이의 경우는 모자보건법이 허용하는 낙태 사유에 해당되지 않기 때문에 집으로 돌려보내는 것은 불법 낙태를 묵인하는 꼴밖에 되지 않았습니다. 이것은 법관의 양심상 도저히 할 수가 없는 일이었습니다.

그러나 태아의 생명을 구하고자 경진이에게 2년간 소년원에 보내는 10호처분을 내린다면 미성년자인 경진이가 원하지도 않고 축복받지도 못한 아이를 출산하게 하는 것이 되니, 이는 그 아이의 남은 인생을 너무 가혹하게 만들 수도 있는 일이었습니다. 만일 제가 경진이의 아빠라면 이제 겨우 열일곱 살인 딸을 미혼모로 만드는 처분을 순순히 받아들일 수 있을까 확신이 생기질 않았지요. 아빠의 마음과 법관의 양심이 계속 부딪치는 가운데 심리 날짜가 점점 다가왔습니다.

8월 어느 날, 경진이와 공범인 그 친구들에 대하여 심리가 열렸습니다. 먼저 공범들에 대해서 큰 고민 없이 그들의 비행 정도에 따라 소년원에 6개월간 보내는 9호처분 또는 2년간 보내는 10호처분을 내렸습니다. 그 아이들도 이미 자신들의 처분을 예상하였는지 처분에 불만을 드러내지 않았습니다. 경진이 차례가 되었습니다. 경진이의 비행 정도도 공범들과 마찬가지로 10호처분을 하고도 남았습니다. 태아 문제만 아니라면 공범들과 함께 벌써 10호처분을 내렸을 것입니다. 하지만 10호처분을 내리게 되면 경진이가 소년원에서 임산부 생활을 하다 출산해야 한다는 점이 큰 걸림돌이었습니다. 그렇다고 해서 함부로 처분을 감경해 줄 수는 없는 노릇이었지요. 그것은 다른 공범들과의 형평에도 어긋날 뿐만 아니라 고귀한 태아의 생명을 앗아가게 만드는 것이기도 했기 때문입니다. 많은 고심 끝에 경진이에게 10호처분을 내렸지요. 공정한 재판을 해야 한다는 법관의 양심과 더불어 이미 잉태된, 천하보다 소중한 한 생명을 지켜야 한다고 판단하였기 때문입니다. 묻는 말에 사실대로 대답했기 때문에 집으로 돌려보내질 줄 알고 있던 경진이는 10호처분을 받자 울음을 터뜨렸습니다. 안타까움과 연민이 솟았으나 어쩔 도리가 없었지요. 법정 밖으로 나간 경진이는 "사실대로 말했는데 왜 소년원에 보내나요?" 거칠게 항의하며 저를 향해 대놓고 욕설을 퍼부었다고 합니다. 처분에 불복한 경진이는 2심 재판부에 항고(일반 사건에서의 항소에 해당)까지 했으나 기각되었습니다.

법관의 양심에 따른 결정이었다고는 하나 법정에서 울음을 터뜨리던 경진이의 모습은 그대로 아프게 망막에 새겨졌습니다. 이후 경진이를 생각하기만 하면 마음의 평온이 깨지고 잠을 설쳤지요. 장차 세상에 나오게 될 아이의 생명은 구했다고는 하지만 한창 피어날 또 다른 아이의 인생은 망쳐 버린 것이 아닐까 하는 생각이 계속 머릿속에서 떠나지 않았기 때문입니다.

그런데 그로부터 얼마 뒤 경진이의 남동생 수완이가 비행을 저질러 소년재판을 받으러 왔습니다. 안 그래도 몹시 궁금하던 터라 함께 출석한 경진이 아버지에게 근황을 물어보니 차츰 안정을 찾아 잘 지내고 있다고 하더군요. 그 이야기를 들으니 마음이 조금은 편안해졌습니다.

그러던 11월 초순, 경진이가 생활하고 있던 안양소년원으로부터 연락이 왔습니다. 경진이의 출산일이 가까웠으니 출산 준비를 위해 보호처분을 변경해 달라는 것이었지요. 그 전화를 받자 한동안 잠잠했던 마음에 또다시 동요가 일었습니다. 경진이가 어떤 모습으로 나타날지 궁금하기도 하고 법정에서 저를 원망하며 울지나 않을지 걱정도 되었지요.

며칠 뒤 법정에서 경진이를 만났습니다. 배는 더욱 불러 있었고, 막달 임산부답게 살도 많이 붙어 있었습니다. 다행히 경진이는 지난번 재판 때와는 달리 표정이 다소 밝아 보였습니다. 하지만 그날 바로 처분을 하여 집으로 돌려보내기보다는 경진이에게 좀 더 자신을 돌아볼 시간을 주는 게 좋겠다는 생각이 들었지요. 그래서 일단 기존의 10호처분은 취소하되, 새로운 처분은 하지 않은 채 1주일간 부산소년분류심사원에 임시위탁하는 처분을 내렸습니다.

그로부터 1주일 뒤 경진이에 대한 재판이 다시 열렸습니다. 임신해서 몸도 무거운 경진이가 추위에 떠는 게 안돼 보여 이미 법정에 들어와 있던 다른 소년과 그 가족에게 잠시 양해를 구하고 순서를 바꾸어 경진이에 대한 재판을 먼저 진행했습니다.

"경진아, 판사님 많이 원망스럽지?"

"처음엔 그랬지만 지금은 그렇지 않아요."

"거짓말하지 마라. 밖에서 내 욕하고 다니는 거 다 알아."

이 말에 경진이가 찔린 표정으로 우물쭈물했습니다.

"너, 판사님 마음 이해하니? 너 때문에 마음이 아파서 아직도 잠을 설친다."

경진이는 아무런 대답을 하지 않았습니다.

국선보조인이 경진이가 소년분류심사원에 있는 동안 배 속에 있는 아이에게 쓴 편지를 제출했기에, 경진이에게 직접 읽어 보라고 했습니다.

"아기야……안녕……나는 너의 엄마이자……흑!"

편지를 들고 낭독하던 경진이는 첫 줄을 채 읽지 못하고 울음을 터뜨리고 말았습니다. 그리고 한번 터진 울음은 쉽게 멈추지 않았습니다. 그렇게 울먹이며 겨우 편지 낭독을 마친 경진이가 진정되기를 한참 동안 기다리다가 울음소리가 잦아들고 나서 물었습니다.

"아기는 어떻게 할 거니?"

"입양시킬 거예요."

대충 짐작을 했기에 달리 할 말이 없었습니다. 대신 준비해 둔 배냇저고리를 내밀며 말했습니다.

"이거 배냇저고리라는 거다. 애기 낳아서 처음 입히는 옷이야. 판사님을 원망하고 싶으면 해도 돼. 하지만 그 마음이 태교에 영향을 끼치면 안 돼. 아기를 낳을 때까지는 원망하는 마음일랑 일단 풀고 좋은 마음으로 태교에 힘써야 한다. 아기가 행복하기를 바란다면 네가 태교를 잘해야 해. 아기에게 잘못된 일이라도 생긴다면 순수한 마음으로 아기를 입양하신 분들의 인생은 어떻게 되겠니. 또 아기의 인생은 어떻게 되겠어? 아기가 잘못된다면 너도 마음이 편치 않을 거야. 재판을 하면서 그런 경우를 몇 번 봤어. 남은 동안만이라도 태교를 잘해서 아기와 그 아기를 입양하는 분들 모두 행복할 수 있도록 해야 해. 알겠지? 그리고 시간 나면 판사님께 들러라. 맛있는 것 사 줄 테니."

그리고 경진이에 대해 2년간의 보호관찰을 조건으로 보호자에게 위탁하는 처분을 내렸습니다. 경진이는 배냇저고리가 뭔지 잘 모른 탓인지 어리둥절한 표정이었지만 제가 건네는 종이가방을 받아 들고는 웃으면서 법정 밖으로 나갔습니다. 법관의 양심에 따른 결정이었지만 아빠의 마음으로는 미안함을 풀 길 없어 작은 선물을 마련하였는데 기쁘게 받아 주니 고마웠습니다. 그리고 다음 날 다시 찾아온 경진이, 경진이 아버지와 함께 식사를 하게 된 것이지요.

겨우 열일곱 살에 미혼모가 되어 아이를 낳자마자 입양을 보내야 하는 경진이와 그런 딸이 원망스러우면서도 애처로워 상추에 고기를 싸 연신 딸의 입에 넣어 주는 아버지, 그들에게 가혹할 수도 있는 판결을 내린 판사. 왠지 낯설고 어울리지 않는 풍경이었지만 시간이 흐르고 이야기를 나누는 사이, 처음의 어색하고 무겁던 분위기는 차츰 풀려나갔습니다. 경진이는 식사를 하는 동안 몇 번이나 손으로 흐르는 눈물을 훔쳐 냈습니다. 경진이도, 경진이 아버지도 저를 크게 원망하는 것 같지는 않았습니다. 편지에 쓴 것처럼 배 속의 아기가 커 갈수록 생명의 소중함도 깨닫고 엄마로서의 마음가짐이 생긴 것 같았습니다.

식사를 마치고 함께 판사실로 돌아온 저는 로뎀의집에

연락해서 아기를 출산할 때까지 경진이를 도와줄 것을 부탁했습니다. 로뎀의집에서는 흔쾌히 도와주겠다며 판사실까지 경진이를 데리러 왔습니다. 인사를 하고 판사실을 나가는 경진이를 보며 밝아진 모습에 안도했지만, 한편으로 얼마 후면 아기와 헤어지는 아픔을 겪게 될 것을 생각하니 마음이 아팠습니다. 경진이의 재판은 아마도 법관 생활 동안 가장 기억에 오래 남을 재판이 될 것 같습니다.

아니야,
오히려 우리가 미안하다

소년법정에서 만나는 아이들 중에는 유난히 일찍 철이 든 아이들이 많습니다. 비행소년이 철들었다니 앞뒤가 안 맞는 말 같지만, 아이들에 대한 선입견을 지우고 보면 '비행소년'이라는 꼬리표 뒤에 숨어 있는 아이들의 슬픔과 여린 마음이 보입니다. 또래보다 조숙한 모습을 보이는 것도 세파에 시달리느라 일찍 철이 든 것만 같아 가슴이 아플 때가 많습니다. 혜수도 그런 아이 중 하나였습니다.

열여섯 살인 혜수는 부모가 모두 있는데도 초등학교 6학년인 남동생과 함께 수년간 고아원에서 생활한 적이 있는 아이입니다. 선원인 아버지는 배를 타고 나갈 때에는 사글셋방을 정리했다가 일을 마치고 귀항하면 다시 얻는 뜨내기 생활을 반복하고 있었고, 열일곱 살에 혜수를 낳은 어머니는 혜수가 중학교 2학년 때 집을 나가 어디 사는지조차 알려 주지 않은 채 따로 생활하고 있었습니다.

부모의 보호를 받지 못하고 불안정한 생활을 하던 혜수는 중학교 2학년 때 학교를 그만두고 비행의 길로 접어들었습니다. 그리고 마땅히 거처할 곳 없이 비슷한 처지의 아이들과 어울리며 되는대로 생활하는 사이, 혜수의 몸은 엉망이 되었습니다. 음주와 흡연을 심하게 한 데다 성폭행을 당한 적도 있었다니 멀쩡하기가 어려운 상태였지요. 그때의 충격 때문인지 혜수는 담뱃불로 제 몸을 지지거나 칼로 긋는 등 자해를 일삼았고, 자살하려고 옥상에서 투신한 일도 있었다고 합니다.

그러던 중 혜수는 친동생, 친구들과 함께 저지른 절도죄 등 십여 건의 비행으로 소년보호처분을 받았습니다. 그러나 보호처분의 준수사항을 제대로 지키지 않아 다시 처분을 받기 위해 소년분류심사원에 위탁되었다가 그곳에서 자신이 심한 성병에 걸렸다는 것을 알게 되었습니다. 처분변경을 받게 된 것이 혜수에게는 오히려 도움이 된 것입니다.

혜수에 대한 보호처분변경신청 심리가 열렸습니다. 국

선보조인이 혜수에 대한 의견을 전했습니다.

존경하는 재판장님. 혜수 어머니는 아주 어린 나이에 혜수를 낳았습니다. 혜수는 학교까지 포기해 가면서 자신을 선택한 어머니에게 죄송하다는 말과 감사하다는 말을 꼭 전하고 싶어 합니다. 혜수는 가정 사정으로 동생과 함께 고아원에서 생활한 적이 있습니다. 거기에서 혜수는 정말 많은 상처를 받았습니다. 도망치고 싶었고, 어린 나이인데도 죽고 싶어 했으며, 모든 사람이 무섭고 싫었다고 합니다. 하지만 동생 하나만 보고 3년을 참고 살았을 정도로 동생에 대한 사랑이 남다릅니다.

재판장님. 혜수 동생은 혜수에게 아빠 같기도 하고 남자친구 같기도 한 존재였습니다. 하지만 동생은 초등학교 6학년인데도 담배를 피우고, 술도 먹고, 오토바이도 타고, 애들도 많이 때리고 다닌다고 합니다. 혜수는 동생이 자신을 따라다니면서 담배 피우는 모습, 오토바이 타는 모습을 보고 배워서 그렇게 된 것 같다며 마음 아파합니다. 부모님이 없는 동생에게 부모님 대신이 되어 주지 못한 자신을 자책하면서 동생이 자신처럼 될까 봐 많은 걱정을 하고 있습니다.

존경하는 재판장님. 혜수는 어린 나이에 얻어서는 안
되는 병까지 얻었습니다. 수술을 해야 한다는 말에 앞
이 캄캄하여 정말 많이 울었다고 합니다. 그래서 부모
님, 그리고 사랑하는 동생뿐만 아니라 재판장님에게조
차 죄송하고 미안하다고 말합니다. 매일 죄책감을 느끼
고, 스스로 불쌍하다고 여기고, 자신은 태어나서는 안
되는 아이였다는 생각도 자주 하고 있습니다.

재판장님. 혜수의 지금 소원은 네 식구가 한자리에 모
여 밥 한 끼 먹는 거라고 합니다. 이런 소박한 소원을
박대할 수는 없습니다. 그러니 혜수가 다시 희망을 품
고 살아갈 수 있도록 선처를 간곡히 부탁드립니다.

국선보조인의 변론 속에는 어린 혜수가 감당하기엔 쓰
라리고 벅찬 삶의 뭇매가 고스란히 녹아 있는 듯했습니다.
혜수에게 물었습니다.

"혜수야, 몸은 어때?"

"판사님, 정말 죄송합니다. 몸이 많이 안 좋습니다."

"어머니와는 연락이 됐어?"

"아니요, 한 번도 오시지 않았습니다. 바빠서 못 오시나
보다고 생각하지만 저를 포기한 것은 아닌가 하는 생각도

듭니다."

대화를 듣고 있던 국선보조인이 말했습니다.

"재판장님, 혜수가 부모님께 드리고 싶은 말을 편지로 적어 왔다고 합니다."

그래서 혜수에게 써 온 편지를 읽어 보라고 했습니다. 감정이 복받쳤는지 혜수는 울먹이는 목소리로 편지를 읽어 나갔습니다. 그 모습을 지켜보던 국선보조인과 방청객들도 흐르는 눈물을 감추지 못했지요.

사랑하는 우리 엄마.

엄마 잘 지내나? 나는 워낙 밝아서 어디서든지 빨리 적응하잖아. 그래서 걱정할 필요 없어.

엄마한테 말하고 싶은 게 있어. 이건 정말 내가 내 몸 간수를 잘못해서 그런 거여서 말하기 좀 그렇지만, 엄마한테 욕을 듣든 뭘 하든 꼭 말해야 할 거 같아서, 같은 여자로서 이해해 줄 것 같아서 말하는 거야. 엄마, 나 성병이야. 엄마가 어떤 말을 할지 알아. 하지만 엄마보다는 내가 더 슬프고 괴롭고 그래. 엄마, 나 수술받아야 한대. 나 진짜 너무 무섭고 괴로워. 엄마가 나한테 미친 년이라고 해도 좋아. 그래도 혼날 때 혼나더라도 치료는 받고 난 뒤에 혼내 주라. 하루하루가 정말 너무 싫다. 엄마, 내가 밖으로 나돌아 댕겨서 그렇게 된 거지만 나 용서해 주라. 엄마한테 진짜 잘못했어. 엄마, 미안하고 사랑해.

아빠에게

아빠 안녕? 아빠를 사랑하는 딸, 혜수야.

아빠 일하느라 많이 힘들지? 밥도 잘 못 먹고, 잠도 잘 못 자는 아빠를 볼 때마다 겉으로 티는 내지 않지만 속으로 많이 울고 있어. 어렸을 때는 아빠가 무서웠어. 아빠랑 웃으면서 대화하기가 어려웠고 엄마에게 폭력을 써서 솔직히 아빠보단 엄마랑 살고 싶었어. 홧김에 이혼하라고 말했던 것 정말 미안해. 그때 아빠가 딸에게 그런 말을 듣고 상처를 많이 받았을 거라고 생각하니까 할 말이 없어. 막상 내가 이렇게 나쁘게 변한 걸 보니 앞이 정말 캄캄해. 아빠에게 나쁜 모습만 보여 줬어. 아빠, 7월 10일에 내려오면 밥 한 끼 대접할게. 아빠랑 단둘이 밥 한 끼 먹고 싶어. 아빠, 내가 태어나서 한 번도 못했던 말, 사랑해. 그리고 감사해.

아니야, 오히려 우리가 미안하다

편지를 다 읽고 난 혜수가 다시 울면서 말했습니다.

"판사님, 죄송합니다."

혜수가 저에게 쓴 편지에도 죄송하다는 표현이 많았습니다. 그런데 연거푸 죄송하다는 말을 들으니 안쓰럽다 못해 마음이 애잔해졌습니다.

'무엇이 그리도 죄송하단 말이냐. 무책임한 부모 밑에서 태어난 게 네 죄가 아닌데…… 꿈많은 소녀의 소원이 겨우 온 가족이 모여 밥 한 끼 먹는 것이라는데, 그 작은 소원조차 들어주지 못하는 부모를 원망조차 할 줄 모르는 어린 너의 마음이 무슨 죄가 있겠느냐. 사과해야 할 사람은 네가 아니라 오히려 우리 어른들이란다. 오히려 우리가 미안하다. 외로운 네가 방황할 때 따뜻한 말 한마디 건네지 않은 우리가, 어린 네가 죽고 싶을 만큼 힘들어할 때 손 내밀어 주지 못한 우리가, 너에게 좋은 환경을 만들어 주지 못한 우리가……'

저는 모든 어른을 대신하여 사죄한다는 심정으로 떨리는 목소리로 혜수에게 말했습니다.

"아니야, 혜수야. 오히려 우리가 미안하다."

이 말에 법정은 술렁이기 시작했습니다. 법정에 계셨던 분들은 판사가 비행소년, 좀 더 심하게 말해 범죄소년에게 미안하다는 말을 했다는 것이 착각인지 진짜인지 확인하느라 서로의 얼굴을 쳐다보며 놀라움을 감추지 못했습니다.

그런 반응을 뒤로한 채 혜수에게 2년간의 보호관찰을 받는 조건으로 아버지에게 보호를 의뢰하는 처분을 내렸습니다. 그리고 여전히 흐느끼며 법정을 나가는 혜수의 뒷모습을 바라보며 마음속으로 빌었습니다.

'혜수야, 병이 빨리 낫기를 기도하마.'

아니야, 오히려 우리가 미안하다

판사님
은혜 꼭 갚지 않겠습니다

비행소년은 우리 사회의 투명인간입니다. 분명히 존재하는데 누구도 관심을 두지 않는 아이들이기 때문입니다. 이 아이들이 존재감을 드러낼 때는 사건이 일어났을 때뿐입니다. 평소에는 있는 줄도 모르다가 충격적인 사건이 터지면 세상의 뾰족한 눈길이 모두 비행소년에게 쏠립니다. 그 눈길 어디에도 호의는 없습니다. 이 아이들이 사고를 치기 전에 어떤 삶을 살았는지, 앞으로 어떤 삶을 살게 될지 생각하는 이들은 많지 않습니다.

스무 살도 채 안 된 아이들이 왜 이리도 자꾸만 잔혹한 범죄를 저지를까요? 아이들이 이런 행동을 하는 것은 살아남기 바빠서 아무것도 배우지 못했기 때문입니다. 공감은 사람과 관계 속에서 배우는 것입니다. 하루 24시간 생계에 쫓기는 부모 밑에서 혼자 자란 아이들은 자신의 말과 행동이 상대방에게 어떻게 받아들여질지, 어떤 결과를 낳을지 잘 알지 못합니다. 학대를 당하며 성장한 아이들은 상대방을 배려할 수 있는 성품을 함양할 기회조차 없습니다. 학교는 가정에서 배운 사회성, 관계능력을 확장하고 적용하는 곳인데 가정에서 아무것도 배우질 못했으니 학교생활도 순탄할 리 없습니다.

엄마는 알코올 중독이었다. 작은누나는 급식을 남겨 싸가지고 와서 엄마에게 먹였고, 엄마가 술에 취해 길에 쓰러져 있으면 데리고 오기도 하였다. 부모님은 매일 싸웠고, 여동생은 입양시켰다. 아빠는 엄마가 싫으니까 게임 중독에 걸린 것처럼 매일 피시방에서 살았다. 초등학교 3학년 때 참을 수가 없어 나는 자살까지 시도하였다.

이것은 폭행죄로 재판받게 된 한 소년의 조사 보고서에 실린 이야기입니다. 소년과 그 가족의 삶이 아주 짧게 기록되어 있지만, 이 간략한 보고서만으로도 소년의 삶이 얼마나 고되었는지를 충분히 짐작하고도 남습니다. 얼마 전 창녕에서 친모와 계부의 학대를 피하려고 빌라 4층 베란다 난간을 통해 옆집을 거쳐 탈출해 나온 맨발의 초등학생 소녀처럼, 부모의 학대와 가정불화를 피해 도망치듯 집을 나와 거리를 떠도는 청소년의 수는 해마다 20~30만 명에 이릅니다. 이 중 30퍼센트는 그나마 청소년쉼터 같은 관련 기관의 보호를 받지만, 나머지 70퍼센트는 말 그대로 거리에 방치되어 있습니다. 거리로 내몰린 아이들은 살아남기 위해 위험한 선택을 할 수밖에 없습니다.

학교에서도 밀려나고 사회에서도 밀려난 아이들에게 남는 것은 비슷한 상황에 놓인 또래들뿐입니다. 결국 자기들끼리 무리 지어 다니며 그 관계라도 붙잡기 위해 애를 쓰지요. 하지만 그들이 관계를 맺을 수 있는 아이들은 대부분 자기와 비슷한 수준의 아이들입니다. 그들의 말투와 행동은 매우 폭력적이고, 그로 인해 그들이 빚어내는 관계는 더욱 폭력적입니다. 아이들은 하나 남은 친구를 빼앗기지 않기 위해 폭력을 서슴지 않고, 친구를 실망시키지 않으려 원조교제도 마다하지 않습니다. 일반적인 시각으로는 이해가 안 되지만, 비행소년 무리에서마저 외면당하고 싶지 않은 절박함과 외로움 끝에 나온 행동들입니다.

청소년비행이 가정환경과 깊은 관련이 있다는 것은 널리 알려진 사실입니다. 그럼에도 소년재판을 받는 '보호소년'들은 보호라는 이름이 민망할 만큼 그 어느 곳에서도 충분히 보호받지 못하고 있습니다. 방임과 학대가 일어난 집으로 되돌려 보낼 수도 없고, 국가가 제공하는 시설이나 사회에서 내미는 도움의 손길도 턱없이 부족하기 때문입니다. 해결책은 하나. 이 아이들에게 가정을 만들어 주는 것입니다. 구체적인 아이디어를 얻게 된 것은 부산지방법원 가정지원(현 부산가정법원)에서 근무할 때였습니다. 어느 날 함께 방을 쓰던 당시 소년사건 담당 권영문 판사가 소년사건 기록을 읽다가 놀라며 다음과 같은 사건 내용을 들려주었습니다.

한 소녀가 경상남도 바닷가 지역에 있는 속칭 '티켓다방'에서 일을 하다 도저히 견딜 수가 없어 당시 비행소년들의 대모 역할을 한다고 소문이 난 조춘자 위원에게 전화를 해 자신을 구해 달라고 하였다. 조 위원은 평소 알고 지내던 청년 몇 사람과 함께 부산에서 승합차를 타고 소녀가 일하고 있는 곳으로 내려갔고, 동행한 청년은 손님으로 가장하여 티켓다방에 전화해 소녀를 모텔로 보내달라고 하였다. 소녀가 모텔로 오자 그들은 영화의 한 장면처럼 감시하는 사람들을 따돌리고 소녀를 구출해 부산으로 데려왔다.

위험을 무릅쓰고 한 소녀를 구한 이야기는 제게 충격을 주었습니다. 이것이 계기가 되어 권 판사와 함께 조 위원을 만났습니다. 그는 30여 년 동안 위탁보호위원으로 활동하며 부모 잃고 배곯는 아이들을 하나둘 집으로 데려와 먹이고, 재우고, 학교와 직장까지 알아봐 주고 있었습니다. 아이들은 그 날개 아래 비행의 길에서 벗어나 훌륭한 사회인으로 성장해 살아가고 있었습니다. 저는 거기서 공동생활가정, 즉 그룹홈에 대한 희망을 발견하였습니다.

그로부터 몇 년이 흐른 2010년 2월, 창원지방법원으로 부임한 뒤 '사법형 그룹홈'(청소년회복센터)의 필요성을 알리기 위해 뜻있는 분들을 만나 설득하기 시작했습니다. 국가와 사회가 움직이지 않으니 답답하기 짝이 없었지만, 모르면 모를까 사정을 알면서 그대로 손을 놓고 있을 수는 없었기 때문입니다. 많은 분의 도움과 헌신으로 마침내 2010년 11월, 창원에 첫 번째 그룹홈을 개소할 수 있었습니다. 당시의 감회는 이루 말할 수 없을 정도였습니다. 덩그러니 넝

쿨에 매달린 오이처럼 마음 둘 곳 없는 아이들에게 버팀목과 지지대가 되어 줄 곳이 만들어졌다는 것이 그렇게 든든할 수가 없었습니다. 그 후로 청소년회복센터가 잇따라 문을 열었습니다. 70퍼센트에 달하던 아이들의 재범률은 청소년회복센터에서 생활한 이후 20~30퍼센트대로 떨어졌습니다.

내 자식도 아닌 소년들, 그것도 비행소년을 데려와 돌보는 일은 보통의 마음가짐으로는 하기 어려운 일입니다. 누군가의 눈길과 손길이 가장 필요할 때, 그 누군가로부터 버림받아 병들고 비뚤어진 소년들을 바르게 성장시키는 길은 결코 녹록지 않습니다. 센터 운영자들은 수시로 말썽을 일으키는 소년들을 대하다 보면 하루에도 수십 번씩 억장이 무너져 내린다고 하였습니다. 그래서 간혹 휴일에 센터 운영자들한테서 전화가 오면 이야기를 듣기도 전에 '아! 아이들이 또 말썽을 일으켰구나' 하는 생각이 먼저 들고, 하소연하듯이 "판사님……" 하며 힘겹게 운을 떼는 운영자들의 목소리에 저는 일부러 목청을 높여 "아니, 누구예요? 누가 말을 안 듣습니까? 아이 좀 바꿔 보세요." 하고 짐짓 선수를 칩니다. 그리고 전화를 건네받아 소년에게 "이노무 손!" 하고 일갈한 다음, "센터장님 말씀 잘 듣지 않으면 소년원에

갈 줄 알아!" 하고 냅다 호통부터 치는 것입니다. 그렇게 버럭버럭 소리를 지르며 한바탕 소동을 떨고 나면 목도 아프고, 판사로서의 체면도 영 말이 아닙니다. 그러나 수고하시는 그분들에게 제가 해 드릴 수 있는 일은 이것뿐이기에 저는 어떤 머뭇거림도 없이 전화를 받습니다.

"판사님, 이러다가 제 명대로 못 살겠어요."
열린센터장의 전화를 받은 저는 가슴이 또 덜컥 내려앉았습니다. 어떤 녀석이 그사이 대형 사고라도 친 건 아닌가 싶어서입니다. 아니나 다를까. 형준이가 또 센터를 이탈했다는 소식이었습니다. 열여덟 살인 형준이는 왼쪽 눈은 이미 실명 상태였고 오른쪽 눈도 거의 보이지 않았습니다. 이혼한 어머니와 살며 어릴 적부터 신체장애로 놀림을 많이 받아 왔던 형준이는 마음에 상처가 많았고, 그게 원인이 되어서인지 절도죄로 입건된 전력만 해도 아홉 번이나 되었습니다. 형준이는 그사이 기소유예처분을 네 번이나 받고서도 도벽을 고치지 못하고 계속 절도를 일삼았습니다. 비행 내용과 재비행 가능성을 고려하면 소년원에 보내야 했지만 장애로 인해 단체생활에 어려움이 많을 형준이를 생각하니 처분이 망설여졌습니다.

당시 그렇게 고심하고 있던 차에 열린센터의 한 선생님이 형준이를 발견하고 반갑게 인사를 했습니다. "판사님, 형준이가 어렸을 적에 제가 운영하던 선교원에 다닌 적이 있어요." 형준이도 그 선생님을 알아보았고, 그 선생님은 형준이가 처한 상황을 안타까워하며 자신에게 맡겨 준다면 잘 지도해 보겠노라고 하였지요. 저는 반갑고 감사한 마음으로 형준이에게 단단히 주의를 준 다음, 사회봉사와 보호관찰을 조건으로 열린센터에 보호를 의뢰하는 처분을 내렸습니다. 하지만 각별한 관심과 지도에도 불구하고 형준이는 그 후로도 몇 번이나 센터를 이탈하여 그 선생님의 애간장을 태웠고, 제 가슴까지 덜컥거리게 했습니다.

그런데 알고 보니 형준이가 이탈한 이유는 사회봉사명령을 이행하러 갔다가 장애인이라고 놀림을 받거나 앞이 잘 보이지 않아 저지른 실수로 혼이나 마음이 상했기 때문이었습니다. 저는 그런 형준이가 안타까워 두 번이나 판사실로 불러 훈계도 하고 위로도 해 주었습니다.

"형준아, 장애로 인해 사람들한테서 놀림을 받거나 실수를 하더라도 마음을 굳게 먹고 센터에서 잘 생활해야 한다. 센터를 이탈하면 다시 비행을 할 수밖에 없지 않느냐. 그러니 사람들을 만나면 부끄러워하지 말고 너의 사정을 솔직하게 먼저 말해 줘라. 그러면 사람들도 너를 이해하고 도와주려고 할 거야. 비행을 끊을 수 있는 최선의 길은 네 마음에 있어. 그러니 마음의 힘을 기르도록 노력하거라."

그러던 형준이가 다시 이탈했다니 허탈하기 짝이 없었지만 다행히 아이는 곧 센터로 돌아왔습니다. 그렇게 애를 태우던 형준이가 얼마 지나지 않아 열린센터장과 함께 판사실을 방문하였습니다. 우여곡절 끝에 고등학교도 무사히 졸업하고 밝은 표정으로 앉아 있는 형준이를 보니 그동안 녀석 때문에 속을 태웠던 기억은 어느새 날아가고 대견하다는 생각이 앞섰습니다. 그런데 잠시 이야기를 나눈 후 돌아가는 일행을 배웅하려고 일어서는데 갑자기 형준이가 떨리는 목소리로, "판사님, 한번 안아 주세요." 하는 것이었습니다. 저는 바로 형준이를 안아 주었습니다. 그러자 형준이가 기어들어 가는 목소리로 더듬거리며 "판사님, 은혜 꼭 갚지 않겠습니다." 하고 말했습니다. 떨려서 그만 말이 잘못 나온 것이었지요. 자기가 실수한 것을 알았던지 금세 귀까지 빨개진 형준이를 보고 있자니 아이의 순수한 마음이 한꺼번에 전해져 오는 것 같았습니다. 저는 고맙고 기특한 마음에 형준이를 다시 한번 꼭 안아 주고 마음속으로 이렇게 말했습니다.

'형준아, 내게는 은혜를 갚지 않아도 된다. 은혜를 갚아 드려야 할 분은 따로 있단다. 애를 태우며 너를 위해 기도하고 보살펴 주신 센터장님과 선생님의 고마움을 잊지 말아라. 그리고 나서 내게도 뭔가를 주고 싶은 마음이 들거든 네가 성숙한 사람이 되어 행복하게 사는 것으로 보답하렴.'

청소년회복센터는 2016년에 이루어진 청소년복지지원법 개정을 통해 '청소년회복지원시설'로 당당히 국가의 공식시설로 인정받게 되었습니다. 그 개정된 법을 어느 분은 '천종호 법'이라고 했습니다. 다음 해인 2017년 추석, 기적 같은 일이 벌어졌습니다. 각 센터에서 위탁아동 170여 명을 연휴 10일간 모두 귀가시켰는데 단 한 명도 낙오하지 않고 모두 돌아왔기 때문입니다. 무엇보다 여기서 지내는 6개월간, 아이들의 재범률이 0퍼센트였습니다. 따뜻한 돌봄이 있었기에 가능한 일이었습니다. 2020년 12월을 기준으로 청소년회복센터는 전국에 21개로 늘어났습니다. 자그마치 수용 인원이 작은 소년원 두 개 정도의 규모입니다. 책임 있는 어른들의 관심과 지지만 있다면, 청소년회복센터는 더욱 많은 아이를 범죄의 길에서 벗어나게 도와주는 징검다리가 될 것입니다.

엄마라고
부르게 해 주세요

엄마라는 말처럼 따뜻한 게 있을까요? 세상에 나온 여리고 여린 것들을 품는 최초의 온기는 바로 엄마입니다. 아이들에게 엄마는 언제든 부르기만 하면 달려오는 만능해결사이고 의지할 수 있는 대상이며, 힘들 때 안기고픈 포근한 품이지요. 그러나 소년법정에 서는 아이들 중에는 애초에 부모의 소중함, 특히 엄마의 사랑을 경험해 보지 못한 아이들이 많습니다. 잘못을 저질렀어도 아무 조건 없이 두 팔 벌려 품어 주는 존재가 소년들에겐 없는 것이지요.

엄마가 안 보고 싶은 이유
1. 우리를 버리고 도망갔으니까

2. 나한테는 더 이상 필요한 존재가 아니니까

3. 이제는 더 이상 보고 싶지도 않으니까

4. 지금 와서 잘해 주는 척, 챙겨 주는 척을 해도 이미 늦었으니까

5. 누나는 엄마를 아예 잊어버렸는데 나만 연락하고 지내는 것이 이상하니까

6. 잊고 싶으니까

7. 버리고 갔던 기억은 내가 살아가는 동안 지워지지 않는 상처를 주니까

한 소년이 쓴 글입니다. 번호까지 매겨 가며 써 내려간 글 속에 오히려 엄마에 대한 그리움이 역설적으로 표현된 것 같아 가슴이 아팠습니다. 어느 정신과 의사는 엄마에 대한 사무치는 그리움과 용서할 수 없는 사람에 대한 분노는 해가 가도 옅어지지 않는다고 말했습니다. 따스함과 포근함, 두려움과 분노 등 감성과 관련된 기억은 기억 중에서도 가장 질긴 '정서기억'으로 저장되기 때문이라고 해요. 비행소년들도 김용택 시인의 말처럼 '어머니의 가슴을 뜯어 먹고' 자랄 수 있어야 합니다. 아이들의 마음을 되돌리려면 방황하며 상처 입은 마음, 눈물로 얼룩진 그들의 마음을 다

독여 줄 누군가가 있어야 하는 것이지요. 아무리 노력해도 친어머니처럼 하기는 어렵겠지만 '자신들의 가슴을 뜯어먹이며' 헌신하고자 하는 새로운 엄마가 있습니다. 그리고 이 소중한 관계는 소년들의 인생에 큰 전환점을 마련해 주었습니다.

상준이는 공갈죄 등의 비행으로 소년재판을 받고 샬롬 청소년회복센터에 맡겨졌습니다. 상준이는 부모가 있지만 세 살 때 이혼해 어머니와는 연락이 끊어진 상태였고, 아버지 역시 재혼하는 바람에 할머니 밑에서 자라야 했습니다. 그런데 얼마 전 할머니마저 돌아가시는 바람에 아무도 돌볼 사람이 없어 센터 생활을 시작하게 된 것이지요. 처음 이곳에 들어올 때만 해도 상준이는 사람들 말에 끼어들어 고장 난 라디오처럼 끝없이 떠들어 대거나 아무에게나 매달려서 일일이 간섭하고 수선스럽게 행동하는 등 상당한 정서장애를 가지고 있었습니다. 몇 시간 동안 일방적으로 떠들다가 누가 말이라도 할라치면 "아이, 제 말 좀 들어보세요." 하고 상대방의 말문을 막고 나서기 일쑤였습니다.

그렇게 산만하고 정서가 불안하던 상준이가 차츰 바뀐 것은 센터장 부인에게 '엄마'라고 부르며 정을 붙이면서부터입니다. 청소년회복센터에 오는 아이들 대부분은 대개 센터 생활이 익숙해지기 전에는 마음을 잘 열지 않고 거리를 두는 경우가 많습니다. 낯선 공간이고, 낯선 사람들이니 경계를 하는 것이지요. 그런데 상준이는 달랐습니다. 센터에 온 지 얼마 되지도 않았는데 센터장 부인에게 대뜸 엄마라고 부르며 다가온 것입니다. 안 그래도 정서가 몹시 불안해서 갈피를 잡기 힘든 아이였는데, 다짜고짜 엄마라고 부르자 센터장 부인은 의도가 뭔지 궁금했습니다. 그래서 바로 응답하지 않고 상준이의 마음을 떠보기 위해 일부러 이렇게 말했다고 합니다.

"내가 왜 네 엄마야? 선생님이지."

그러자 상준이가 진지하게 말했습니다.

"저는 지금까지 단 한 번도 엄마라는 말을 해 본 적이 없어요. 그러니까 선생님을 엄마라고 부르게 해 주세요."

부탁이라기엔 너무나 직설적인 아이의 말에 센터장 부인은 잠깐 넋을 잃고 멍하니 서 있었다고 합니다. 어떻게 하는 게 좋을지 판단하기가 힘들었겠지요. 하지만 참으로 정겨운 '엄마'라는 이 말은 그 후 피 한 방울 섞이지 않은 상준이와 센터장 부인의 관계를 결정짓는 따뜻한 단어가 되었습니다.

엄마라고 부르게 해 주세요

난생처음 엄마를 갖게 된 상준이는 센터장 부부의 지극한 보살핌에 힘입어 급속히 마음의 상처를 치유해 나갔고 학교에도 복귀하여 열심히 생활했습니다. 자원봉사자들은 상준이를 보면서 한결같이 "그때 그 말 많던 아이가 이 아이가 맞냐? 어떻게 이렇게 변할 수가 있냐?"라며 달라진 모습에 입을 다물지 못한다고 합니다.

엄마와 아들이라는 말로 묶인 인연 때문인지 센터장 부인은 상준이를 친자식 이상으로 보살폈습니다. 심지어 상준이의 거처를 센터가 아니라 센터장 부부의 집으로 옮기기까지 했지요. 이렇게 각별한 애정을 쏟다 보니 상준이와 센터장 부인의 관계는 진짜 엄마와 아들처럼 두터워졌습니다. 그래서인지 둘 사이에는 재미있는 일화가 꽤 많습니다.

하루는 수업을 마친 상준이가 친구 두 명을 집으로 데리고 와서는 센터장 부인을 '우리 엄마'라며 소개했습니다. 그런데 그 자리에는 센터장 부인의 친딸도 함께 있었습니다. 상준이에게 누나가 없는 것을 알고 있던 친구들이 의아하게 여기자 상준이가 "응, 우리 엄마가 재혼하셔서 누나가 생겼어." 하고 천연덕스럽게 대답했다고 합니다. 그 말을 곧이곧대로 믿은 친구들은 센터장 부인이 상준이의 친엄마라는 것을 추호도 의심하지 않고 놀다가 돌아갔고, 친구들이 돌아간 후 상준이는 센터장 부인에게 이렇게 용서를 구했다고 합니다.

"엄마, 재혼시켜서 죄송합니다."

능청맞고 재미있는 아이지만 사실 상준이는 친엄마로부터 받은 아픈 상처가 두 번이나 있었습니다. 세 살 무렵 헤어져 한 번도 자신을 찾지 않은 엄마에게 받은 상처가 첫 번째이고, 두 번째 상처는 센터에 위탁된 지 얼마 지나지 않았을 무렵에 받은 것입니다.

센터에 위탁될 무렵, 상준이는 친엄마의 전화번호를 알게 되어 벅찬 마음으로 전화를 했습니다. 목소리만이라도 듣고 싶었지만, 그에게 돌아온 것은 다시는 전화하지 말라는 싸늘한 대답뿐이었지요. 새로 가정을 꾸린 친엄마는 상준이의 존재를 잊고 싶어 했던 것입니다. 너무 큰 상처를 받았지만 그보다 엄마에 대한 그리움이 더 컸던 상준이는 그다음 날 다시 한번 전화를 걸었습니다. 그러나 전화기 속에서는 엄마 목소리 대신 '결번입니다'라는 차가운 기계음만 흘러나오고 있었지요. 상준이가 또 전화를 할까 봐 엄마가 아예 전화번호를 해지했던 것입니다.

그때 상준이는 울면서 센터장 부인에게 이렇게 말했다고 합니다.

엄마라고 부르게 해 주세요

"그래도 얼굴 한번 보고 싶었는데……. 멀리서라도 울엄마가 어떻게 생겼는지 보고 싶었는데……."

상준이의 아픔을 알고 있는 센터장 부인은 그 어린 마음이 너무나 애처로워 상준이의 등을 쓰다듬으며 말했습니다.

"괜찮아, 내가 니 엄마잖아. 넌 내가 가슴 아파 낳은 내 아들이 맞다."

상준이는 1년간의 보호처분 기간을 다 채우고도 센터에 남았습니다. 친엄마는 여전히 연락이 되지 않았고, 재혼한 아버지 역시 상준이가 돌아오길 원치 않아 마땅히 갈 곳이 없었기 때문입니다. 그동안 상준이는 인문계 고등학교에 진학하였고, 학교에서 선도부장까지 맡아 성실히 학교생활을 했습니다.

창원지방법원 대회의실에서 곽경택 영화감독을 초청하여 '친구야, 폭력은 안 돼'라는 주제로 학교폭력예방을 위한 강연회를 연 적이 있습니다. 회의실 안은 각 센터에서 온 소년들과 초대손님들로 발 디딜 틈이 없었지요. 임시로 마련한 의자까지 동이 나는 바람에 늦게 온 사람들은 뒤에서서 강연을 들어야 했는데, 그곳에서 센터장 부인과 상준이가 작은 소리로 티격태격하는 모습을 보게 되었습니다.

"야! 야! 아들! 이리로 와서 앉아라. 서 있으면 다리 아프잖아."

의자에 앉아 있던 센터장 부인이 옆자리를 맡아 놓고 뒤에 서 있는 상준이를 향해 연신 손짓을 하고 있었습니다. 여드름이 불거진 상준이는 자신을 어린아이 취급하는 센터장 부인이 못마땅한 듯 주변을 의식하며 볼멘소리로 대답했습니다.

"난 됐다고~ 엄마나 앉아 있으라고~ 창피하게시리."

"뭐가 창피하노. 시간이 한참 걸릴 건데, 다리 아프다니까~."

상준이가 서서 강연을 듣는 것이 마음에 걸린 센터장 부인은 계속 손짓을 했고, 상준이는 "아~ 됐다고~ 아, 창피하니까 그만하라고." 하며 짜증을 내고 있었지요. 엄마와 사춘기 아들 사이에서 흔히 볼 수 있는 장면을 연출하는 두 사람의 모습이 진짜 가족 같아, 지켜보는 제 눈에도 미소가 걸렸습니다.

상준이는 센터장 부부의 살뜰한 보살핌 속에서 고등학교를 마치고 대학에도 진학했습니다. 센터장 부부는 상준이의 기를 죽이지 않기 위해 친아들에게는 10만 원 넘는 패딩을 사준 적이 없었지만 상준이에게는 비싼 패딩도 아까워하지 않고 사 주었습니다. 상준이는 해군에 입대하여 성실히 군복무도 마쳤습니다. 제대한 이후에도 갈 곳이 없고, 아직 자립할 형편도 되지 않은 상준이는 여전히 센터장 부부의 보살핌 속에서 살아가고 있습니다.

코로나19가 한창이던 2020년 3월경 샬롬센터를 방문했는데, 마침 상준이가 있기에 뜨겁게 안았습니다. 건장하고 성실한 청년이 된 상준이를 보니 가슴속에서 감동이 솟구쳐 올라왔습니다. 샬롬센터가 없었더라면 상준이가 지금과 다른 삶을 살았을 수도 있다고 생각하니 센터장 부부의 헌신에 감사하는 마음이 넘쳤습니다.

판사님,
삼계탕 드세요

우리가 어렸을 때는 다 가난했습니다. 저 역시 지독한 가난 속에서 성장했습니다. 제가 태어나고 자란 곳은 부산에서도 제일가는 빈민가로 하꼬방, 즉 판잣집이 즐비했던 곳입니다. 사이좋게 어깨를 맞댄 고만고만한 집들 사이로 골목이 거미줄처럼 뻗어 있는 산동네 판잣집 비좁은 단칸방에서 아홉 식구가 부대끼며 살았습니다. 점심 도시락을 싸갈 형편이 안 돼 수돗물로 배를 채운 적도 많고, 당시 육성회비가 500원이었는데 그 돈이 없어 일부러 학교에 빠지기도 했지요. 그렇게 힘든 환경이었지만 결석하면 집으로 찾아올 만큼 살가운 친구도 있었고, 말없이 챙겨 주는 속 깊은 스승도 있었기에 그 시절을 버틸 수 있었습니다.

축구 선수 펠레는 자신의 어린 시절을 회상하며 가난이 무서운 것은 무엇을 갖지 못해서가 아니라 삶을 두려워하도록 만드는 데 있다고 말했습니다. 걱정과 두려움이 삶에 대한 의지마저 집어삼킨다는 것이지요. 맞는 말입니다. 실제로 결손가정이나 빈곤한 가정에서 자란 아이들은 가슴에 상처를 안고 있는 경우가 꽤 많습니다. 이러한 상처는 아이들의 인생에 부정적인 영향을 끼치게 되고 사회에 대한 적개심으로 이어질 수 있기에 주변의 관심이 중요합니다. 따뜻한 관심과 지지를 보내는 한 사람만 있어도 아이들은 달라질 수 있기 때문입니다.

청소년기는 눈 깜빡할 사이에 지나갑니다. 이 짧은 시간이 지나가기 전에 아이들에게 아름다운 추억을 조금이라도 심어 주어야 합니다. 비록 그 추억이 반딧불같이 작다 해도 방치되어 외롭게 살아왔던 아이들에게는 어두운 길을 비춰 주는 아름다운 별빛이 될 수 있을지도 모릅니다.

어느 날, 여느 때와 마찬가지로 부산에서 출발하여 교통체증 때문에 끙끙거리며 창원터널을 통과해 법원으로 가고 있었습니다. 소녀들을 위한 청소년회복센터인 이레센터가 출퇴근하는 길목에 있었습니다. 이곳을 지날 때면 혹시나 아이들이 나와 있는 모습을 볼 수 있지 않을까 싶어 살펴보며 서행하곤 했는데, 그동안은 거리에서 마주친 적이 없었지요. 그런데 이날 출근길에 두 명의 아이가 바로 앞에 서 있는 게 보여 반가운 마음에 차를 갓길에 대고 경적을 울렸더니 아이들이 웃으며 달려왔습니다.

"어디 가노?"

"보호관찰소에 교육받으러 가요."

그러더니 한 아이가 손에 들고 있던 플라스틱 반찬통을 보이며 뚜껑을 열었습니다. 통 안에 두 개의 찐 고구마가 담겨 있었는데, 아이가 그중 한 개를 꺼내 내밀면서 말했습니다.

"판사님 드세요."

"웬 고구마고?"

"보호관찰소에서 교육받는 동안 먹으려고 가져가는 거예요."

어느새 뭔가를 나눌 만큼 아이들 마음에 여유가 찾아든 것 같아, 순간 가슴이 찡하면서 말문이 막혔습니다.

"잘 먹을게. 고마워."

아이들과 헤어진 후 사무실로 와서 주임에게 고구마의 출처를 말하며 반씩 나눠 먹었습니다. 성의가 고마워 받아

오긴 했지만 고구마 한 개를 반씩 나눠 먹고 있을 아이들을 생각하니 목이 메어 잘 넘어가지 않았습니다. 그래서 자신들이 먹을 고구마를 나누어 준 그 예쁜 마음에 보답해야겠다 싶어 저녁을 대접하기로 했습니다.

그날 이레센터로 가서 함께 생활하고 있는 나머지 아이들 다섯 명도 모두 데리고 백화점 안에 있는 패밀리레스토랑으로 갔습니다. 레스토랑에 들어서자 한 아이가 "이런 레스토랑엔 처음 와 봤어요."라고 말하며 신기한 듯 이곳저곳을 두리번거렸습니다. 그러자 다른 아이들도 이구동성으로 "저도요." "저도요." 하며 흥분을 감추지 않았지요. 어려운 환경에서 자란 아이들이 대부분이라 부모 손을 잡고 외식하러 가는 평범한 일상조차 제대로 누려 보지 못했던 것입니다.

식사를 하는 동안 아이들은 그 나이 또래 소녀들답게 연신 재잘거리고 웃음을 터뜨리고 장난을 치며 즐거워했습니다. 그런 아이들을 바라보는 저 역시 즐거웠지요. 판결을 내리는 판사와 그 판결을 기다리는 보호소년이 아니라 평범한 아저씨와 아이들로서의 만남이어서 더 즐거웠던 듯합니다.

식사를 마치고 밖으로 나와 작별의 인사를 나누려는데

한 아이가 느닷없이 이런 말을 했습니다.

"판사님, 지금까지 살아오면서 오늘 가장 대접을 잘 받았어요."

그 말에 순간 가슴이 찌릿했습니다. 남들에게 그저 평범한 일상일 뿐인데 이 아이들에게는 오늘의 저녁식사가 만찬처럼 다가갔다는 게 그동안 아이들의 삶이 얼마나 비탈진 곳에 서 있었는지를 새삼 느끼게 해 주었기 때문입니다.

그러고 나서 며칠 후 퇴근길에 아이들 생각이 나서 잠깐 얼굴이라도 볼까 하고 이레센터에 들렀습니다. 센터에는 아이들 네 명과 상담원 한 분이 계셨는데, 문을 열고 들어가자 아이들이 우르르 몰려와 물었습니다.

"판사님, 저녁 드셨어요?"

"아니, 집에 가서 먹어야지."

"그럼 우리가 라면 끓여 드릴 테니까 드시고 가세요."

지난번 레스토랑에서의 일로 친근감을 느낀 탓인지 아이들은 계속 저녁을 먹고 가라며 붙잡았습니다. 아내가 집에서 식사를 준비해 놓고 기다리고 있을 걸 뻔히 알면서도 달리 거절할 핑계를 찾지 못해, "응, 그러자." 하며 얼떨결에 앉고 말았지요.

자리에 앉자 아이들 몇이 부엌으로 후다닥 달려 들어가

더니 순식간에 라면을 끓여 왔습니다. 라면 위에는 계란이 예쁘게 얹혀 있었습니다. 막 젓가락을 들려고 하는데 아이들이 갑자기 익살스러운 표정을 지으며 "판사님, 삼계탕 드세요."라고 말합니다. 무슨 말인가 싶어 "응? 삼계탕?" 하고 물었습니다. 그러자 아이들은 뭐가 그리 재미있는지 한참을 웃더니 "삼양라면에 계란을 넣은 것이 삼계탕입니다." 하고는 계속 저희끼리 깔깔거렸지요. 그 모습이 '에이, 판사님이 그것도 모르세요?' 하고 놀리는 듯하여 다 같이 한바탕 크게 웃었습니다.

가족이 보고 싶어도 마음대로 갈 수 없는 아이들이 끓여 온 라면을 보니 가슴이 저며 왔습니다. 후루룩후루룩, 뜨거운 국물과 적셔지는 눈시울로 먹기가 다소 힘들었지만 국물 한 방울 남기지 않고 맛있게 먹었습니다.

"우와 쩐다. 이렇게 맛있는 삼계탕은 내 생전 처음 먹어 봤다."

제가 아이들 속어까지 쓰며 너스레를 떨자 옆에 둘러앉아 지켜보던 아이들 얼굴이 함박꽃처럼 밝아졌습니다.

"이렇게 맛있는 삼계탕을 공짜로 먹을 수야 있나? 삼계탕값 줘야지. 공평하게 나누어 가져야 한다."

그러면서 5만 원짜리 한 장을 아이들에게 주었더니 아

이들은 돈을 받아 들고 "와!" 하며 좋아라 했습니다. 그런데 그중 한 아이의 말이 또 한번 가슴을 아프게 했지요.

"판사님, 5만 원짜리 돈은 오늘 처음 보았어요."

아이들과의 주고받기는 그 이후로도 계속되었습니다. 아이들이 김치를 가지고 오면 저는 케이크를 들고 센터로 찾아가는 그런 식이었지요. 소소한 나눔이었지만 이런 일상적인 기억이 아이들에게 필요하리란 생각에 더 열심히 찾아갔던 것도 같습니다.

그로부터 9년이 지난 어느 날, 삼계탕을 끓여 준 아이 중 한 명이 결혼한다며 카톡으로 연락이 왔습니다. 너무나 반가워 당장에라도 결혼식장에 달려가고 싶었지만 제가 나타나면 저와의 관계로 인해 자신의 과거 행적이 드러나게 될까 봐 당황할지도 모른다는 생각에 일부러 결혼식 당일에 선약이 있다고 말한 다음 화환이라도 보내 줄까, 물었습니다. 그랬더니 역시 예상대로 화환을 안 보내도 된다고 하였습니다. 그 뒤 아이가 태어난 뒤 카톡으로 "아가를 낳고 부모가 되어 보니 더 알 것 같아요. 부모님 마음, 판사님 마음을."이라는 문자를 보내왔습니다. 이 문자가 얼마나 고마운지는 받아 본 사람만이 알 겁니다.

나는 할 수 있다
나는 잘할 수 있다

비행소년들을 비행에서 벗어나게 하기 위한 최선의 길은 그들에게 희망을 품게 하는 것입니다. 하지만 학업에서 중도 탈락하고 변변한 기술교육조차 받지 못한 비행소년들이 열악한 삶의 조건 속에서 희망의 싹을 틔우기란 그리 쉬운 일이 아닙니다.

오상이는 어느 봄, 밤 12시경 한 편의점에서 흉기로 종업원을 위협하며 돈을 달라고 요구하였습니다. 종업원은 돈을 주기를 계속 거부했고, 그러던 중 한 손님이 편의점 안으로 들어오자 달아났습니다. 그러나 CCTV에 촬영되어 있던 영상으로 인해 곧 체포되어 결국 재판을 받게 되었습니다.

오상이는 자신의 잘못을 모두 자백하였고, 국선보조인
은 오상이에 대해 다음과 같은 의견을 제시하였습니다.

존경하는 재판장님.

오상이의 부모는 오상이가 초등학교 2학년 때 별거를
시작하였습니다. 오상이는 별거 후 어머니와 함께 생활
하였는데, 그때부터 탈모가 시작되었습니다. 이후 탈모
증세가 심화되어 오상이는 현재 머리, 겨드랑이, 눈썹,
콧수염 등에 일체 털이 나지 않습니다.

무모증을 고쳐 보려고 온갖 노력을 다했지만 모두 헛수
고였습니다. 오상이는 가발을 구입하여 써 보았으나 표
시가 나고 더워서 땀이 흘러내리는 등 불편하여 지금은
사용하지 않고 있습니다. 또한 아르바이트를 해 보려고
도 하였으나 가발이나 무모증을 이유로 계속 거절당하
였습니다. 무모증으로 놀림을 받기 싫어 학교에 다니기
싫어했던 오상이는 중학교를 검정고시로 마친 뒤 고등
학교 입학을 포기한 채 살아왔습니다.

존경하는 재판장님.

오상이는 대화 상대가 없어 온종일 한마디도 안 하고

지낸 적이 많습니다. 도서관에서 혼자 공부하거나 할 일이 없으면 용돈을 마련하기 위해 폐지를 주우러 다니기도 하였습니다. 사건 직전, 고모가 아버지에게 월세를 내라고 재촉하며 안 낼 거면 나가라고 구박하는 것을 본 오상이는 스트레스가 극도로 심한 상태였습니다. 스트레스가 쌓이면 혼자 술을 마시며 울적함을 풀기도 하던 오상이는 이날도 스트레스를 풀기 위해 소주 3병을 마시고 귀가했습니다. 그런데 오상이보다 뒤늦게 술을 마시고 귀가한 아버지가 오상이에게 술을 마셨다고 야단을 치자 홧김에 집에 있던 칼을 들고 뛰쳐나왔던 것입니다.

집을 나온 뒤 오상이는 사는 게 힘들다, 포기하고 싶다는 등의 생각에 사로잡혀 길거리를 배회하다가 불현듯 고모에게 월세로 지급할 돈을 만들어야겠다는 생각을 하게 되어 강도짓을 한 것입니다. 다행히도 피해자들에게는 아무런 상해도 입히지 않았습니다.

오상이의 아버지는 건축 공사 현장에서 일을 하고 있는데 최근 고용주가 운영하는 사업체가 수천만 원대의 부도를 맞아 급여를 몇 개월 받지 못하는 바람에 월세를 내지 못하고 있었습니다. 그는 집안 형편이 어려운 데

나는 할 수 있다 나는 잘할 수 있다

다가 형제와의 갈등으로 인해 오상이에게 스트레스를 주게 되어 너무 미안하다고 합니다. 오상이 아버지는 사업체가 차츰 정상화되고 있으므로 조만간 주거지를 마련하여 독립할 생각이라고 합니다. 무모증으로 정상적인 사회생활과 학교생활이 힘든 오상이를 현장에 데리고 다니면서 목수 기술을 가르치고 함께 생활하기로 하였습니다. 이러한 아버지의 마음을 보아서라도 오상이에게 마지막으로 기회를 주시기를 간곡히 부탁드립니다.

'아버지'와 '목수', 이 두 단어는 저에게 아주 친근하면서도 아픔이 있는 단어입니다. 저의 아버지가 평생 목수로 사시다가 병을 얻어 세상을 떠나셨기 때문입니다.

저는 제 아버지 생각이 나서 오상이에게 이렇게 부탁을 했습니다.

"오상아, 아버지 잘 따라다니며 아버지로부터 기술을 모두 전수받아야 한다. 네가 기술만 가지고 있으면 아무도 너를 괄시하지 못할 거야. 또 네가 좋은 기술을 보유하고 있으면 무모증 따위는 사회생활을 하는 데 아무런 부담이 되지 않을 거야. 기술을 모두 배우기 전에는 아버지에게서 절대 떨어지지 말아야 한다. 그게 너의 희망이니 절대 포기해서는 안 돼."

그런 다음 다시 오상이에게 말했습니다.

"오상아, '나는 할 수 있다.'를 열 번 외쳐봐라."

그러자 오상이는 꿇어앉아 울면서 다음과 같이 또박또박 외쳤습니다.

"나는 할 수 있다. 나는 잘할 수 있다."

"나는 할 수 있다. 나는 잘할 수 있다."

"나는 할 수 있다. 나는 잘할 수 있다."

이렇게 외치는 오상이의 음성은 회를 거듭할수록 점점 굵어지며 확신에 찬 목소리로 변해 갔습니다. 듣고 있던 저를 비롯하여 법정 안에 있던 사람들 모두가 오상이의 외침에 깊은 울림을 느꼈습니다. 그날 법정에 있던 이들은 오상이의 아픔에 다 같이 동참했고 함께 울었습니다. 그리고 오상이와 오상이 아버지의 앞날에 축복이 있기를 한마음으로 간절히 빌었지요.

이러한 바람이 하늘에 통했는지 얼마 후 오상이에게 아버지 같은 멘토가 생겼습니다. 오상이 사건의 국선보조인이었던 둥지청소년회복센터장이 오상이의 안타까운 사정

을 그냥 두고만 볼 수 없다며 멘토를 자청한 것입니다. 그 후 센터장은 주기적으로 오상이를 만나 여러 가지 도움을 주고 있습니다.

그해 12월 센터장은 오상이를 다시 만났습니다. 재판 이후 5개월이란 시간이 지났지만 오상이는 탈모 증상도 여전하고 생활환경도 전혀 나아진 게 없었습니다. 그런 오상이의 처지가 안타까웠던 센터장은 오상이에게 국제금융고등학교 특별반 입학을 권유하면서 말끝에 "오상아, 너는 비행성이 많지 않으니……."라고 말했답니다.

그런데 오상이가 불쑥 "전 비행성이 많아서 위험합니다."라고 단호하게 말했습니다.

의외의 답변을 들은 센터장이 이유를 물어보니 오상이가 "센터장님, 저는 요즘도 돈이 없어 사고 치고 싶은 유혹이 불쑥불쑥 생기기 때문에 비행성이 많습니다."라고 대답했다고 합니다. 보통은 비행성이 있어도 감추기 마련인데 오상이는 다른 아이들과 달리 솔직하게 자신의 마음을 털어놓은 것입니다. 그런 오상이의 태도에 감동한 센터장이 "그래, 한 달에 얼마가 있으면 사고 안 치고 지낼 수 있겠니?" 하고 묻자, 머뭇거리던 오상이는 "10만 원."이라며 수줍게 대답하였습니다. 이에 센터장은 앞뒤 가리지 않고 "그래, 그럼 내가 매달 10만 원씩 용돈을 주마. 그 대신 고등학교에 진학하여 잘 생활해야 한다."라고 오상이와 약속을 했다고 합니다.

그렇게 약속을 하고 나자 이번에는 추운 날씨임에도 얇은 점퍼에 여름 망사 모자를 쓰고 코를 훌쩍거리는 오상이의 초라한 행색이 센터장의 눈에 들어왔습니다. 데리고 나가 따뜻한 외투라도 한 벌 사주고 싶었지만 바로 그렇게 하기가 어려웠기에 센터장은 우선 사무실에 있던 쌀 한 포대를 오상이의 어깨에 지워 주며 곧 다시 만나자고 다짐했습니다.

헤어진 뒤에도 센터장은 오상이의 남루한 행색이 계속 떠올라 마음이 편치 않았습니다. 결국 센터장은 오상이에게 다시 전화를 했고, 후원자들의 도움으로 마련한 겨울 점퍼와 티셔츠, 그리고 탈모가 심한 머리를 가려 주면서도 따뜻하게 해 줄 모자를 선물했습니다. 오상이는 뜻밖의 선물이 믿기지 않는지 센터장에게 "진짜 그냥 주는 겁니까?"라는 말을 몇 번씩이나 되물으며 기쁨을 감추지 않았습니다.

감사하다는 인사를 하고 사라져 가는 오상이의 뒷모습을 바라보며 덩달아 마음이 훈훈해진 센터장은 마음속으로 이렇게 빌었습니다.

'오상아! 너만 마음 잘 먹고 살아가면 언제든 도울 사람들을 만나게 될 테니 부디 힘을 내거라. 법정에서 '나는 할 수 있다. 나는 잘할 수 있다.'를 진지하고 힘있게 외쳤던 너를 응원한다. 다음번에는 가발 맞추는 분을 찾아가서 멋진 헤어스타일도 만들어 보자꾸나.'

나는 할 수 있다 나는 잘할 수 있다

판사님 때문에
배고파도 참았어요

일반 형사재판 절차와는 달리 소년재판은 그 관계가 일회적이지 않습니다. 형사재판에서 판사의 임무는 판결을 선고하면 끝나고, 그 이후 진행되는 형의 집행이나 보호관찰에 있어서는 판사는 아무런 권한을 행사하지 못합니다. 하지만 소년재판에서는 판사가 비행을 저지른 소년에게 그에 마땅한 처분을 내렸다고 해서 관계가 종료되는 것이 아니라, 결정의 집행 상황을 감독하고 처분을 변경할 권한이 판사에게 있기 때문에 결정의 집행이 종료될 때까지 판사의 권한이 계속됩니다.

처분을 내린 이후 소년부 판사가 어떻게 하느냐에 따라 비행소년들의 교정이나 복지 향상에 크게 기여할 수도 있습니다. 그래서 처분이 내려진 이후에도 관계의 끈을 놓지 않고 기회가 주어지는 대로 소통하며, 아이들이 올바르게 자라는 데 도움이 될 만한 일은 무엇이든지 하려고 합니다.

하지만 모든 소년과 소통할 수는 없습니다. 재판 이후 소년들이 판사에게 연락을 하는 경우는 매우 드문 데다가, 특별한 계기가 없는 한, 소년부 판사가 적극적으로 소년들과 소통하기 위해 그들을 일일이 찾아다닐 수는 없기 때문입니다. 소년들과 소통이 이루어지는 경우는 대부분 소년들이 먼저 제게 편지를 쓰거나 자발적으로 찾아오는 등 특별한 계기가 있어야 합니다. 다만 예외적으로 청소년회복센터나 소년원 같은 위탁시설에 있는 소년들의 경우에는 정기적으로 그곳을 방문하거나, 위탁된 소년들과 함께 야구나 오페라를 관람하는 등 마음먹기에 따라 어느 정도 소통의 시간을 가질 수가 있습니다.

소년보호처분재판을 하면서 그동안 수많은 아이를 만났습니다. 대학에 합격했다며 찾아온 소년, 어려움에 직면해 도움을 요청하기 위해 찾아온 소년, 그냥 제가 보고 싶어서 왔다는 소년도 있었습니다. 그중에서 기억에 남는 소년들의 이야기를 몇 가지 더 소개합니다.

판사님 때문에 배고파도 참았어요

창원지방법원에서 저에게 재판을 받았던 소년이 창원에서 부산까지 시외버스를 타고 찾아왔습니다. 그런데 이야기하는 내내 소년이 검은 봉지를 손으로 꼭 움켜쥐고 있기에 궁금해서 그 안에 무엇이 들었는지 물어보았습니다. 그러자 수줍은 표정으로 소년이 열어 보인 검은 비닐봉지 안에는 알루미늄 포일에 싼 김밥 한 줄과 담배 한 갑이 들어 있었습니다. 순간 어이가 없었습니다.

"야! 판사님이 점심밥도 안 사 줄까 봐 김밥을 사서 왔어?" 우물쭈물하길래 다시 물었습니다.

"김밥과 담배를 살 돈은 누구한테 받았니? 혹시 절도한 것은 아니겠지?"

그러자 소년이 자신 있게 말했습니다.

"아닙니다. 할머니께서 만 원을 주셨습니다. 왕복 차비를 빼고 담배 한 갑을 사고 나니 김밥 한 줄밖에 못 샀습니다."

아이의 대답에 가슴이 아려 왔습니다. 저를 만나러 여기까지 오면서도 식사 한 끼 대접받으리라는 계산도 하지 않고, 넉살 좋게 "판사님, 점심 사 주세요."라는 말을 꺼낼 생각도 하지 못한 채 점심 끼니는 자신이 해결해야만 한다는 생각으로 김밥 한 줄을 사 들고 온 소년이 측은해서 견딜 수가 없었습니다. 여기까지 찾아온 소년에게 맛난 점심을 대접하고 싶었으나 원체 느닷없는 방문이었던 데다가 예정된 점심식사 자리에 함께 데리고 갈 형편이 되질 않아 부득불 그냥 돌려보낼 수밖에 없었습니다. 대신에 따뜻한 점심을 사 먹으라며 소년에게 1만 원을 주었습니다. 넉넉하게 주고 싶었으나 본드 흡입으로 의료소년원에서 6개월 동안 생활했던 소년이라 필요 이상의 돈을 주면 혹시 딴짓할까 싶은 노파심에 그렇게 할 수가 없었습니다.

"애야, 그동안 재비행하지 않았다니 장하고 고맙다. 앞으로도 그렇게 해야 한다. 혹시 돈이 필요하면 판사님께 꼭 연락하고."

그 소년과는 그렇게 헤어졌습니다. 저와 헤어진 뒤 점심은 사 먹었는지, 또 그 후엔 어찌 살고 있는지 가끔 소년의 얼굴이 떠오르곤 합니다. 언젠가 만난다면 그 소년에게 꼭 맛있는 점심 한 끼를 대접하고 싶습니다.

어느 해 9월 중순경의 일입니다. 하루는 오전에 부산법원 청사 안내 데스크에서 용학이라는 아이가 저를 만나고 싶다며 찾아왔다는 전화가 왔습니다. 누구인지 기억은 잘 나지 않았지만 일단 사무실로 올려 보내라고 했습니다. 수

많은 아이를 법정에서 만나다 보니 모든 아이를 기억하기에는 한계가 있을 수밖에 없지만, 사무실로 찾아온 용학이를 보아도 전혀 기억이 나질 않았습니다. 얼굴도 낯설고 언제, 어떤 비행으로 재판을 받았는지, 가정 형편은 어떤지에 관해 아무런 기억이 떠오르질 않았습니다. 하는 수 없이 재판할 때 작성해 두었던 메모지를 뒤졌습니다.

열아홉 살인 용학이는 절도죄 등으로 두 차례 재판을 받았고, 두 번째 재판에서 정신적인 문제가 있다는 보고서가 제출되었기에 6개월간 의료소년원에 보내지는 7호처분을 받은 소년이었습니다. 용학이의 어머니는 용학이가 두 살 때 이혼하여 연락이 두절된 상태였고, 아버지는 1년 전부터 연락이 되지 않고 있어 용학이는 재판 당시 고모의 집에서 생활하고 있었습니다.

"소년원에서는 언제 나왔어?"

용학이가 어눌한 말투로 대답했습니다.

"얼마 전에 나왔어요."

"무슨 일이 있어서 찾아온 거야?"

"아니요, 판사님이 어려울 때 언제든지 찾아오라고 하셨잖아요. 그래서 왔어요."

용학이가 누구인지도 기억이 나질 않는데, 어려울 때 언제든지 찾아오라는 말을 한 것이 기억날 리 없었습니다.

"그래? 판사님은 그 말이 잘 기억이 나지 않는구나. 일부러 그런 것이 아니니 이해해라. 그건 그렇고 지금도 고모님 댁에서 생활하고 있니?"

"아니요. 2주 전에 고모님 댁을 나왔어요. 고모님께서 신용카드를 주며 심부름을 시키셨는데, 심부름을 하러 가다가 그만 신용카드를 분실하고 말았어요. 그 때문에 겁이 나서 집에 들어갈 수가 없었어요."

"그럼 그동안 잠은 어디에서 잤어?"

"공원 벤치에서 생활했어요. 집을 나올 때 7만 원을 들고 있었는데 그동안 다 써 버렸어요."

공원 벤치에서 한뎃잠을 잤다는 말에 마음이 싸했습니다. 아직 추운 계절이 아니라서 그나마 다행이긴 했으나 그간의 고생을 말해 주듯 용학이의 얼굴은 춥고 고단해 보였습니다.

"그래? 그럼 아침은 먹었고?"

"아니요, 3일간 굶었어요. 배가 고팠지만 절도는 하지 않았어요. 다 판사님 때문이에요."

저 때문이라니. 용학이의 느닷없는 말에 어리둥절해서 물었습니다.

판사님 때문에 배고파도 참았어요

"아니, 내가 왜?"

"제가 의료소년원에 가게 되었을 때 판사님에 대한 원망을 아주 많이 했어요. 화가 나서 견딜 수가 없었어요. 그런데 거기에 있는 동안 판사님 책을 읽게 되었어요. 그 책을 읽고 저는 마음속으로 판사님께 새사람이 되겠다는 맹세를 했어요. 그 때문에 소년원 생활도 열심히 했고요. 고모님 댁을 나온 이후 7만 원으로 10일 동안 버텼고, 돈이 다 떨어진 이후부터는 계속 굶었어요. 하지만 절도를 하지는 않았어요. 그 이유는 제가 판사님께 한 약속 때문이에요."

용학이의 말에 순간 가슴이 먹먹했습니다. 책 한 권을 읽고 그런 다짐을 했다는 것이 놀랍기도 했고, 그 마음의 약속을 지키기 위해 굶주림 속에서도 절도를 하지 않았다는 것이 대견하기도 했습니다. 또 그런 용학이야말로 누구보다 순수하고 맑은 심성을 지닌 소년이라는 생각이 들었습니다. 수만 권의 책을 읽어도 문장만 외운다면 그게 다 무슨 소용이 있을까요. 마음을 다해 읽고, 그렇게 읽었기에 이 아이는 변할 수 있었겠지요. 그런 용학이가 장하고 기특하게 여겨졌습니다.

"용학아, 그런데 오늘 판사님을 찾아온 이유가 뭐지?"

"판사님, 저는 고모님 댁에 다시 들어갈 수가 없습니다.

저를 수사한 경찰관을 찾아갔는데 안 계셨어요. 그래서 판사님께 왔습니다. 여기까지 오기 위해 밤새 걸었습니다. 그러니 판사님께서 제가 생활할 수 있는 쉼터(청소년회복센터를 지칭)를 찾아 주세요. 제발 도와주세요."

용학이의 말에서 삶에 대한 의지와 절절함이 느껴졌습니다. 그러한 소년의 간절한 부탁을 어찌 거절할 수 있을까요. 저는 그 자리에서 어울림청소년회복센터의 센터장에게 전화를 하여 사정을 설명하며 용학이를 맡아 달라고 부탁했습니다. 조금 있으면 성년이 될 나이였기 때문에 부담이 될지도 몰랐으나 그 외에는 달리 방법이 없었습니다.

다행히 센터장이 용학이를 살피겠다고 흔쾌히 답변해 주었기에 안도의 한숨을 쉬었습니다. 그러고 나서 점심 약속이 되어 있던 지인들에게 양해를 구한 다음, 용학이를 식사 자리에 동석시켰습니다. 우선 용학이에게 따뜻한 밥이라도 먹여야겠다는 생각이 들었기 때문입니다. 그런데 3일 동안 굶었다는 용학이는 제대로 식사를 하지 못했습니다. 눈치 보지 말고 많이 먹으라고 하니, 용학이는 낯선 사람이 있으면 제대로 먹을 수가 없다고 했습니다. 이 말에 다시 한번 가슴이 아렸습니다. 밥 한 끼 마음 편하게 먹지 못할 만큼 지나온 삶이 팍팍했단 말인가.

판사님 때문에 배고파도 참았어요

식사를 마치고 용학이와 함께 다시 사무실로 돌아온 뒤 그 아이가 전에 소년원에서 읽었다는 제 책을 선물했습니다. 무엇보다 글을 쓴 보람을 느끼게 해 준 아이가 아닌가요. 자신이 가지든 다른 사람에게 선물을 하든 그 책이 용학이에게 조금이나마 도움이 되길 빌었습니다. 센터장과 사무실을 나가는 용학이를 보며 부디 센터에서 잘 생활하여 자신의 다짐처럼 새사람이 되기를, 그가 그동안의 불행과 아픔을 말끔하게 씻어 내고 행복하게 살아가기를 기원했습니다.

'요즘 애들'이
문제라고?

　'요즘 애들'이란 말 많이 들어보셨나요? 보통 이렇게 시작되는 말에는 칭찬이나 격려보다 부정적인 평가와 우려가 담겨 있는 경우가 많습니다. 그 안에는 아직 경험이 부족한 청소년들에 대한 진심 어린 조언도 들어 있겠지만, 대부분 '요즘 어른들'의 기우에 불과할 때가 많지요. 그런데 소년범죄를 바라보는 시선에서도 이와 비슷한 지점이 있습니다.

　한 예로, 청소년 폭력사건이 수면 위로 드러날 때마다 요즘 아이들의 '폭력성'에 대한 이야기가 여론의 도마 위에 오르곤 합니다. '우리 때는 안 그랬는데 요즘 애들은 왜 저래.' 하는 식의 '라떼'(내가 너희만 할 때는 그런 일이 없었다는 뜻) 시리즈부터 '저런 애들은 소년원이 아니라 교도소에 보내서 뜨거운 맛을 보여 줘야 한다.'라는 엄벌론에 이르기까지, 비행소년 또는 불특정 다수의 청소년을 향한 각양각색의 비난이 쏟아집니다.

물론 어른들의 걱정이 그냥 나온 것은 아닙니다. 요 몇 년 사이 일어난 청소년 폭력사건이 도를 넘은 행태를 보인 것은 사실이니까요. 소년법 폐지 청원으로 이어질 만큼 국민들에게 큰 충격을 안겨 준 '부산여중생폭행사건'이 그 대표적인 사례라고 할 수 있지요. 이 사건의 내용을 보면 소년범들에 대한 국민들의 날이 선 감정이 충분히 이해가 됩니다. 10대 여학생들이 했다고는 도무지 믿기지 않는 참혹한 폭력 현장, 철없다고 넘기기에는 너무나도 몰지각한 아이들의 태도를 보며 아무렇지 않을 사람은 없을 테니까요. 그러나 드러난 사건 몇 개만으로 특정 집단을 겨냥해 이렇다 저렇다 비난하고, 이때다 싶은 마음으로 몰아가는 것은 위험합니다. 특히, 그것이 혐오를 동반한 비난일 때는 더욱 그렇지요. 부산여중생폭행사건이 터졌을 때, 소년범에 대해서도 사형 또는 무기징역형을 선고할 수 있도록 소년법을 개정해야 한다는 여론이 들끓었습니다. 하지만 그러한 여론을 지지하기에 앞서 좀 더 냉정한 성찰이 필요하다고 생각합니다. 만일 조직폭력배 4명이 한 시민에게 부산여중생폭행사건의 가해자들이 저지른 것과 똑같은 내용의 폭력을 저질렀다고 해 보겠습니다. 이 경우 그 조직폭력배들에 대해 사형이나 무기징역형을 선고하라고 할 수 있겠습니까? 제가 강연에 가서 수없이 질문을 해 보았지만, 그러한 폭력을 저지른 조직폭력배들에 대해 선고되어야 할 형의 최고치는 징역 10년이었습니다. 대다수의 사람은 그들에게 징역 5년형이 적당하다는 것이었습니다. 그런데 성인들보다 더 관용을 받아야 하고, 조직폭력배보다 사회에 끼치는 해악이 적다고 할 수 있는 아이들에게 사형이나 무기징역형을 선고해야 한다는 여론이 드높았던 것은 무엇 때문일까요? 그것은 바로 비행소년들에 대한 혐오에서 비롯되었다고 생각합니다. 하지만 혐오나 혐오주의는 사람들을 비이성적인 상태로 이끌어 문제해결을 어렵게 만들고, 더 큰 사회갈등으로 이어질 뿐입니다. 그럼 청소년폭력 문제를 어떻게 바라봐야 할까요?

문제를 해결하려면 무조건적인 비난이나 혐오 대신, 원인에 대한 정확한 진단이 필요합니다. 훌륭한 어부는 물고기를 잡기 전에 그물부터 손질한다고 하지요. 그물에 구멍이 뚫려 있으면 아무리 실력이 뛰어나도 물고기를 손에 넣

'요즘 애들'이 문제라고?

을 수 없기 때문입니다. 청소년폭력 문제에 대해서도 이런 태도로 접근할 필요가 있습니다. 그래야 진정한 해결책을 찾을 수 있을 테니까요. 그럼 다시 원래의 문제로 돌아가서, 요즘 10대는 정말 과거에 비해 훨씬 더 폭력적이고 잔인해진 걸까요? 그 아이들을 엄벌에 처하면 다수의 선량한 청소년들이 보다 안전한 환경에서 지낼 수 있을까요?

먼저 24년간 법관으로 일하고 있고 8년간 현장에서 소년사건을 담당했던 제 시각으로 보자면, 요즘 아이들이 예전에 비해 '더' 폭력적이고 잔인해졌다는 것은 정보화 시대의 과다한 정보 노출에서 비롯된 오해나 편견이 더 크다고 생각합니다. 왜 그런지 다시 몇 해 전 크게 화제가 된 부산 여중생폭행사건을 통해 찬찬히 살펴봅시다.

문제의 사건은 부산의 한 중학교에 다니는 여중생 4명이 또래 여학생 1명을 집단폭행한 사건입니다. 사건의 발단은 이성 문제였습니다. 피해 아이가 가해 아이 중 한 명의 남자친구로부터 전화를 받았다는 이유로 폭행을 당했는데, 이를 경찰에 신고하자 앙갚음을 하기 위해 피해 아이를 다시 불러내 폭행한 사건이지요. 이 사건이 소년법 폐지 청원으로 이어질 만큼 국민의 뜨거운 공분을 산 것은 10대 여학생들이 했다고 보기에는 믿기 어려운 잔인한 폭력과 그 현장을 태연하게 SNS로 중계한 대담함 때문이었습니다. 피투성이가 된 아이의 모습이 SNS를 통해 실시간 중계된 것으로 모자라, 범죄를 저지른 아이들이 "나 범죄 저질렀어." 하고 자랑하고, "심해? 나 교도소 갈 것 같아?"라고 범죄 사실을 상의하는 모습은 정말 눈을 가리고 싶을 정도로 충격적인 장면이었지요.

소년사건을 늘 접하는 저도 크게 놀랐을 정도니 아마 일반인들이 받은 충격은 훨씬 더 컸을 것입니다. 더욱이 자식을 키우는 부모라면 피투성이가 된 피해 여학생의 모습에 연민을 넘어 공포를 느꼈을 거예요. 저런 아이들을 그대로 두다가는 언젠가 내 아이도 비슷한 일을 당할지 모른다는 현실적인 공포가 소년법 폐지 요청으로 이어졌을 것입니다. 그러나 사안이 심각할수록 냉정하게 문제를 바라볼 필요가 있습니다. 그럼 먼저 요즘 아이들이 실제로 예전보다 더 잔인하고 폭력적으로 변했는지부터 알아볼까요?

앞서 말했듯이 저는 지난 2010년부터 소년법정에서 12,000여 명 이상의 소년범을 만났습니다. 그런데 처음 소년재판을 시작하던 시기의 사건들과 최근의 폭력사건들을 비교해 보았을 때, 폭력의 강도가 과거에 비해 더 세지거나 잔혹해진 것은 아닙니다. 그런데 왜 요즘 아이들의 폭력이 더 살벌하고 예전보다 더 많은 것처럼 느껴지는 거냐고요? 그 이유는 지금 우리가 고도의 정보화 시대를 살고 있기 때문입니다.

예를 들어 제가 첫 소년재판을 시작한 2010년에 두 아이가 인터넷 게임에 중독되어 게임을 모방해 택시 기사를 살해한 사건이 있었습니다. 사람을 죽이고 나서도 반성은 커녕 자신들을 변호하기 위해 찾아온 변호인에게 다음에는 더 잔인하고 신속하게 사람을 죽여야겠다는 생각이 머릿속에서 떠나질 않는다고 말해 큰 충격을 안겨 주었지요. 언론에서 크게 다루지 않았기 때문에 대다수 사람은 그런 사건이 있었는지조차 모르고 지나갔습니다.

그에 비해 2017년 부산여중생폭행사건은 거의 모든 국민이 알 만큼 크게 화제가 됐습니다. 비행 내용이 놀랍기도 했지만, 언론과 인터넷의 힘이 사건을 알리는 데 톡톡한 역할을 했지요. 뉴스와 SNS를 통해 빠르게 퍼져 나갔기 때문입니다. 그럼 이 두 사건을 비교해 봅시다.

두 사건 모두 10대 청소년들이 저지른 범죄이고, 그 내용이 평범한 비행의 수준을 넘어섰다는 점에서는 비슷합니다. 하지만 만약 이 두 사건이 비슷한 시기에 벌어졌고 언론에서 같은 비중으로 다뤄졌다면 어느 쪽이 더 폭력적이고 잔혹하게 느껴졌을까요? 당연히 2010년에 벌어진 살인 사건일 것입니다. 폭행 정도가 심각하다 하더라도 사람의 생명을 빼앗는 살인과 비교하면 그 무게가 다를 수밖에 없으니까요. 아마 실제 살인 현장을 부산여중생폭행사건처럼 사진이나 영상을 통해 봤다면, 엄벌 정도가 아니라 당장 사형에 처해야 한다는 여론이 빗발쳤겠지요.

여기서 알 수 있는 사실은 우리가 접하는 정보에 따라 사건에 대한 평가가 달라질 수 있다는 것입니다. 일반적으로 충격이나 공포는 시각 정보를 통해 다가올 때가 많습니다. 피투성이가 된 아이의 모습을 두 눈으로 보는 것과 그런 사건이 있었다는 이야기를 전해 듣는 것 사이에는 큰 차이가 있습니다. 그런데 지금 우리가 사는 세상은 인터넷의 발달로 온갖 이미지 정보를 여과 없이 실시간으로 받아들이는 환경에 놓여 있습니다.

게다가 예전에는 일반인이 범죄 사실에 대한 정보에 접근하기가 어려워 사건 내용을 정확히 알기가 쉽지 않았던 데 비해, 요즘은 '네티즌 수사대'가 사건 해결을 하기도 할 만큼 정보에 대한 접근이 쉽고 편해졌습니다. 인터넷 검색만 해도 사건 정보가 쏟아집니다. 그러다 보니 요즘 아이들이 더 폭력적이고 청소년범죄가 날로 증가하는 것처럼 여겨지는 것이지요.

그러나 실제 전체 청소년범죄는 오히려 줄고 있습니다. 2017년 법무연수원에서 발간한 『범죄백서 2016』에 따르면, 소년범 수는 2009년 이후 계속 감소 추세에 있고, 전체 범죄 중 소년범의 비율도 2009년 5.8퍼센트, 2016년 3.6퍼센트로 감소했습니다. 물론 인구 감소로 인해 전체 범죄 수가 줄어든 것도 있어요. 하지만 제가 근무했던 부산가정법원의 경우에도, 2013년도와 2017년도의 보호사건 수를 비교했을 때 40퍼센트 정도로 줄어든 것을 보면 전체 소년범죄 수가 줄고 있는 것은 분명합니다. 그럼에도 불구하고 청소년범죄가 갈수록 잔혹해지고 있으며 갈수록 늘고 있는 것처럼 보이는 것은, 앞서 말한 것처럼 범죄 사실이 인터넷과 언론을 통해 빠르게 알려지는 데다, 범죄를 저지르는 연령대가 예전에 비해 더 어려졌기 때문이에요. 같은 범죄도 성인이 했는가, 어린아이가 했는가에 따라 다르게 느껴지는데, 범죄 연령이 어려지고 있어 더 충격적으로 다가오는 것이지요.

물론 범죄 발생 수가 조금 줄어들었다고 해서 청소년범죄가 심각하지 않다는 뜻은 아닙니다. 살인을 게임처럼 즐기고, 범죄 사실을 태연하게 외부에 공개하고 상의까지 하

는 모습은 우리의 상식을 훌쩍 뛰어넘습니다. 이런 상식 밖의 행동은 이 아이들이 얼마나 미숙한지를 알려 주는 한편, 공감능력과 윤리의식의 결핍이 얼마나 무서운 결과를 가져올 수 있는지 보여 줍니다. 말이나 행동, 육체적 발육 상태는 어른과 다를 바 없지만 판단능력이나 공감능력, 도덕성 등은 제로에 가까운 것이지요. 누가 이 아이들을 이렇게 만든 것일까요?

아이는 부모의 등을 보며 자란다는 말이 있습니다. 부모가 보이는 모습을 그대로 따라 한다는 뜻이에요. 아이는 또 커 가면서 자신이 본 세상의 모습을 마음에 새기고 따라 합니다. 즉, 문제아 뒤에는 문제 부모와 문제 사회가 있는 것이지요. 뭐라고 핑계를 대든 지금의 사회상은 모두 우리 사회의 '어른들'이 만들어 낸 것입니다. 가정에서 일차적으로 폭력을 배우는 사회, 폭력을 대수롭지 않게 용인하는 사회에서 과연 아이들이 무엇을 배울 수 있었을까요?

대다수 아이들은 이미 인간 대 인간으로 아픔과 슬픔을 공감할 능력을 서서히 잃어 가고 있습니다. 가해 아이들은 자신이 이 사건을 SNS에 올렸을 때 어떤 상황이 발생하며, 그 파장이 어떨지, 피해자가 입을 상처와 인격 침해가 어느 정도일지 전혀 상상하지 못했을 것입니다. 피를 흘리며 고통을 호소해도 상대방이 얼마나 아플지 느끼지 못할 만큼 공감능력을 상실해 버린 아이들. 그 아이들을 엄벌에 처하고 사회에서 잠깐 격리시킨다고 해서 문제가 해결될까요? 이렇게만 하면 다른 청소년들은 계속 안전한 환경에서 살아갈 수 있을까요? 그렇게 되기는 어려울 것입니다. '요즘 아이들은 참 못됐어.' '요즘 10대는 무서워.'라는 프레임을 씌우기 전에 어른들의 반성이 필요한 시점입니다.

재미난 학교?
재*난 학교?

언제부터인가 우리 사회에서 학교는 재미난 공간이 아니라 재난의 공간으로 바뀌어 가고 있는 듯합니다. '학교'와 '폭력'이라는 도무지 어울리지 않는 두 개의 단어가 만나 '학교폭력'이라는 불편한 신조어를 만들어 낸 것만 봐도 오늘날 학교가 처한 위기를 짐작할 수 있지요. 그렇다고 해서 미리 겁을 먹거나 과잉 반응할 필요는 없습니다. 학교폭력이 어떤 상황에서 일어나고 어떤 특성을 가지고 있는지 알면 그런 일이 벌어져도 침착하게 대처할 수 있기 때문입니다.

학교폭력의 개념은 「학교폭력 예방 및 대책에 관한 법률」(이하 '학폭법') 제2조 제1호에 상세하게 규정되어 있는

데, 핵심 개념만 뽑아내면 학교폭력은 '학생을 대상'으로 한 '폭력'으로 압축할 수 있습니다. 다시 말해, 피해자가 학생이고, 피해 내용이 폭력이면 학교폭력에 해당됩니다. 먼저, 피해자가 학생이어야 하므로 가해자가 학생인지의 여부는 법 규정상으로는 학교폭력 여부를 결정하는 요소가 아닙니다. 둘째, 비행의 내용은 '폭력'이어야 하므로 절도나 사기는 피해자가 학생이라고 해도 학교폭력에 해당되지 않습니다. 셋째, 학교폭력은 발생 장소를 구분하지 않습니다. 흔히 학교 안에서 일어나는 폭력만 문제가 되는 걸로 아는 경우가 많은데, 등교 전이나 방과후에 학교 밖에서 벌어지는 폭력도 학생이 피해를 당하면 모두 학교폭력의 범주에 들어갑니다. 그럼 이런 경우는 어떨까요? 학생이 방과후에 오토바이를 훔쳐 타고 폭주하고 다녔습니다. 이 일은 학교폭력일까요, 아닐까요? 답은 '아니요.'입니다. 오토바이를 훔친 것은 '폭력'이 아니라 '절도'에 해당되고, 폭주행위는 폭력에 해당되지만 그 피해자는 학생이 아니라 불특정 다수의 시민이기 때문입니다. 폭주하다 사고까지 낸 경우라도 사고 내용에 따라 상해나 도로교통법 위반 등 또 다른 죄가 더해질 수는 있겠지만 일단 학교폭력과는 관계가 없습니다.

그럼 구체적으로 어떤 행동들이 학교폭력에 해당될까요?

흔히 폭력이라고 하면 물리적인 힘을 이용해 다른 사람의 몸에 상처를 내는 것으로만 생각하기 쉽습니다. 하지만 물리적 접촉이 없어도 다른 사람에게 상처를 주는 말이나 행동을 하는 것은 모두 폭력입니다. 학교폭력도 마찬가지입니다. 폭행이나 구타처럼 신체에 가하는 폭력은 물론이고, 언어폭력, 집단 따돌림 같은 정신적, 심리적 폭력도 학교폭력에 들어갑니다. 학교는 서로 다른 환경의 아이들이 좁은 공간에서 오랜 시간 함께 생활하기 때문에 다양한 이유와 형태로 폭력이 발생할 수 있습니다. 이런 문제를 예방하고 취약한 환경에 놓인 학생들을 보호하기 위해 법으로 학교폭력의 범위를 규정해 놓은 것이 우리가 잘 아는 '학폭법'입니다.

학폭법에서 규정한 학교폭력은 '학교 내외에서 학생을 대상으로 발생한 상해, 폭행, 감금, 협박, 약취유인, 명예훼손, 모욕, 공갈, 강요, 강제적인 심부름 및 성폭력, 따돌림, 사이버 따돌림, 정보통신망을 이용한 음란폭력 정보 등에 의하여 신체·정신 또는 재산상의 피해를 수반하는 행위'(학폭법 제2조 1호)입니다. 얼핏 보면 복잡하고 어려워 보이지만 원칙만 이해하면 간단합니다. 상대방이 원치 않는 행위를 지속적으로 하거나 강제로 어떤 일을 시키거나 요구하는 것은 사소한 일이든 중대한 일이든 모두 학교폭력에 해당된다고 보면 되니까요.

예를 들어 싫다는 의사 표현을 했음에도 펜으로 콕콕 찌르거나 침을 뱉거나 윙크를 하는 등 원치 않는 행동을 계속 반복해서 하게 되면 아무리 장난삼아 한 일이라도 모두 학교폭력에 해당됩니다. 물론 그 정도 일로 처벌받는 상황까지 가지는 않겠지만 처벌 여부를 떠나 상대방이 싫어하는 말이나 행동을 계속하는 것은 모두 폭력이라는 점은 분명합니다.

그런데 사실 우리가 두려워하는 것은 침뱉기나 단순한 욕설 같은 게 아니라 폭행이나 협박, 집단 따돌림처럼 심각한 학교폭력입니다. 앞의 상황은 비교적 대처가 쉬운 반면, 심각한 학교폭력은 혼자 힘으로는 대처하기도 어렵고 피해 정도도 크기 때문입니다. 피해 학생 입장에서는 가벼운 폭력이든 심각한 폭력이든 당하고 싶지 않은 일이지만, 같은 폭력이라도 정도의 차이는 있는 법이지요. 예를 들어 누가 내 얼굴에 침을 뱉으면 화는 나겠지만 죽고 싶을 만큼 괴롭지는 않을 것입니다. 하지만 일 년 내내 같은 반 아이들로부터 왕따를 당하거나 누군가에게 끊임없이 협박을 당하고 돈을 빼앗기거나 구타를 당한다면 어떨까요? 또 그런 상황인데도 도움을 요청하거나 도와줄 사람이 아무도 없다면 정말 삶을 포기하고 싶을 만큼 고통스러울 것입니다.

학교폭력이 무서운 이유는 바로 여기에 있습니다. 실제로 괴로움을 이기지 못해 자살을 선택하는 아이들이 있기 때문입니다. 도대체 어떤 폭력을 당했기에 그 아이들은 자살이라는 극단적인 선택까지 가게 되었을까요? 다행히 그런 선택을 하지 않는다고 해도 학교폭력을 당하게 되면 가해자에 대한 원망과 적개심으로 괴로워하거나 우울증에 시달리는 등 후유증이 심각합니다. 그럼 어떻게 해야 이런 문제로부터 스스로를 안전하게 지킬 수 있을까요? 대처 방안을 찾으려면 먼저 학교폭력이 가진 특성을 정확히 이해해야 합니다.

학교폭력은 다른 폭력이나 범죄와는 다른 고유한 특징을 가지고 있습니다. 관계성, 지속성, 공연성이 바로 그것인데요, 먼저 '관계성'은 모르는 사람이 아니라 아는 관계를 통해 폭력이 발생한다는 뜻입니다. 길을 지나다가 우연히 강도나 폭행을 당했다고 했을 때, 가해자와 피해자가 서로 아는 관계일 가능성은 거의 없습니다. 이에 비해 학교폭력은 학교에서 만난 친구나 선후배 또는 그 주변 사람들 사이에서 일어납니다. 아는 사람이지만 힘의 서열에 따라 정해진 관계이기 때문에 수평적인 관계가 아니라 기울어진 관계라고도 할 수 있지요. 문제는 이 관계가 학교라는 공동체를 통해 맺어진 것이기 때문에 싫어도 계속 만날 수밖에 없다는 데 있습니다. 보통 사람들은 싫어하는 사람과 부딪히기만 해도 힘들어합니다. 그런데 작정하고 나를 괴롭히는 사람과 매일같이 부딪힌다면 그 마음이 어떻겠어요. 더 큰 문제는 이런 관계적 특성으로 인해 폭력이 한 번으로 끝나지 않고 계속될 가능성이 크다는 데 있습니다.

그래서 학교폭력의 두 번째 특성은 '지속성'입니다. 나쁜 일이나 힘든 일이 생겼을 때 우리가 그것을 극복할 수 있는 것은 이미 지나간 일이라는 걸 알기 때문입니다. 그런데 학교폭력은 학교라는 공동체를 바탕으로 하기 때문에, 관계를 완전히 끊지 않는 한 지나간 일이 될 수가 없습니다. 거의 매일 얼굴을 마주치는 데다 한 번 맺은 관계성은 잘 바뀌지 않기 때문에 당하는 사람은 매번 당할 수밖에 없지요. '매도 한 번에 맞는 게 낫다.'라는 말에서 엿볼 수 있듯이 아무리 가벼운 폭력도 지속적으로 행해지면 피해자가 느끼는 정신적, 심리적인 충격은 클 수밖에 없습니다. 예를 들어 '바보'라는 말은 일상생활에서 흔하게 쓰는 말이지만 반 친구들로부터 그 말을 매일같이 듣는다면 어떨까요? 언어폭력은 흔하다는 이유로 대수롭지 않게 여기지만 학교폭력의 유형 중에 가장 큰 비중을 차지하는 폭력인 만큼 가볍게 넘겨서는 안 됩니다.

학교폭력이 가진 마지막 특성은 '공연성'에 있습니다. 공연성은 '다른 사람들이 볼 수 있는 곳에서 공공연하게 이루어진다.'라는 뜻입니다. 보통 일반적인 범죄는 사람들의 눈을 피해 몰래 이루어지는 반면, 학교폭력은 의도적이든 그렇지 않든 여러 사람이 지켜보는 곳에서 공개적으로 벌어지는 경우가 많습니다. 여기에는 우리 사회의 서열 문화가 숨어 있습니다. 여러 사람이 보는 앞에서 힘을 과시하려는 심리가 포함되어 있기 때문입니다. 그런데 이런 학교폭력의 특성으로 인해 피해 학생은 폭력으로 인한 1차 피해와 함께 수치심, 모욕감 등의 2차 피해에 시달리게 되는 경우가 많습니다.

1차 피해도 문제지만 2차 피해로 인한 문제는 더 심각합니다. 자존감이 무너져 정신적, 심리적으로 큰 타격을 입기 때문입니다. 이렇게 될 경우, 원망과 적개심으로 상대방

에 대한 보복을 결심하거나 반대로 무력감과 열등감에 빠져 심리적 노예 상태로 살아갈 수도 있습니다. 충격으로 인해 '스톡홀름 신드롬'처럼 가해자에게 친밀감을 느끼는 이상 증상을 보이기도 하고요. 어느 쪽이든 바람직한 방향은 아니지요.

위에서 말한 학교폭력의 세 가지 특성은 각각 따로 나타나는 것이 아니라 함께 움직이기 때문에 피해 학생을 더 큰 고통에 빠뜨립니다. 실제로 언론에 보도된 사건 중에도 같은 문제로 학생이 자살에 이른 사례가 있었습니다. 중학생일 때부터 꾸준히 괴롭힘을 당하던 한 아이가 가해 학생들과 같은 고등학교에 진학하게 되고, 그 학교가 기숙학교라서 24시간 내내 괴롭힘을 당할 가능성에 절망한 나머지 고등학교에 입학한 지 1주일 만에 스스로 목숨을 끊은 사건입니다. 중학교에 다닐 때는 그나마 학교를 마치고 귀가하면 가해자들의 폭력에서 벗어날 수 있었으나, 고등학교는 매일 가해자들과 함께 학교에 있어야 하니 더 이상 견딜 힘이 없었던 것이지요. 이 사건은 학교폭력이 한 아이의 영혼을 얼마나 처절하게 파괴할 수 있는지 보여 줍니다. 학교라는 공간이 그 아이에게는 현실판 지옥이었던 것이지요. 그 아이가 자살에 이를 동안 다른 사람들은 무얼 하고 있었을까요? 혹시 주변의 무관심과 방관이 아이를 더 힘들게 만든 것은 아니었을까요?

학교폭력을 다룬 이야기 중에 『모르는 척』이라는 그림책이 있습니다. 한 아이가 반 아이들 몇 명에게 괴롭힘을 당하지만 반 아이들은 모두 그 일을 모르는 척 외면합니다. 주인공인 '나'도 그랬지요. 하지만 얼마 안 가 피해 아이와 똑같은 상황에 부닥치고 나서야, 나는 폭력에 대해 침묵하고 방관하는 것이 얼마나 부끄럽고 잘못된 일이었는지 깨닫게 됩니다. 내가 피해를 당하는 다른 아이를 보고도 못 본 척했던 것처럼 주변 사람들도 내 상황을 모르는 척했기 때문입니다.

놀라운 것은 책 속에 묘사된 사람들의 모습이 현실과 너무도 닮았다는 것입니다. 마음속 혼란과 분노를 또 다른 폭력으로 표현하는 아이의 모습은 학교폭력의 피해 학생들 모습과 크게 다르지 않습니다. 피해자에서 가해자로 변해가는 아이들이 실제로도 많습니다. 또 아이가 필요로 할 때는 관심조차 주지 않다가 문제가 터지자 다른 사람에게 책임을 전가하고 발뺌하기 바쁜 어른들의 모습은 오늘날 우리 사회의 모습과 그대로 닮았습니다. 평소에는 관심도 없다가 문제가 터지면 '요즘 애들이 문제'라는 프레임을 씌워 학교폭력의 원인이 마치 아이들 개개인의 인성에 있는 것처럼 몰아가는 어른들이 많지요.

그러나 학교폭력은 단순히 가해 학생을 신고하거나 처벌받게 한다고 해결될 일이 아닙니다. 학생과 부모, 학교, 지역사회가 모두 힘을 합쳐 폭력을 일으키는 근본적인 원인을 개선해 나가고, 피해 학생 혼자 숨죽여 울지 않도록 적극적으로 손 내밀고 해결 방안을 고민해야 합니다. 그래야 꽃다운 아이들이 스스로 목숨을 끊어 내는 참담한 현실에서 벗어나 학교도 아이들도 건강해질 수 있습니다.

함께 나누는
아픔이 되기를

앞서 이야기했지만, 소년법 폐지 주장이 거세게 일어난 또 다른 이유가 있습니다. 피해자의 입장을 고려하면 가해자에 대한 처벌 수위를 높여야 하는데, 이를 위해서는 소년법이 폐지되어야만 한다는 것입니다. 이러한 주장에는 가해자에 대한 엄벌만이 피해자를 위한 최선의 배려라는 생각이 짙게 깔려 있습니다. 하지만 그것만이 피해자를 위한 길인지는 좀 더 신중히 생각해 보아야 합니다.

더 중요한 문제는 가해자에 대한 엄벌만으로 피해자의 상처가 치유되고 회복된다고 생각해서는 안 된다는 것입니다. 가해자에 대한 엄벌, 피해자에 대한 제도적 조치에 한계가 있을 수밖에 없다면, 한계 너머의 피해자에 대한 배려는 사회공동체의 몫이 되어야 합니다. 보다 근본적인 해결책은 피해자의 고통을 우리의 공동체가 나누어 지는 것입니다.

그런 의미에서, 얼마 전 부산여중생폭행사건의 피해자인 H를 법정에서 만났기에 그날 있었던 일을 여기에 소개합니다.

H는 폭행사건 발생 직전의 가벼운 비행 때문에 법정에 섰습니다. 조그맣고 앳된 소녀가 어머니와 함께 법정에 들어서는데 맨 먼저 눈에 들어온 것이 폭행으로 인한 상처를 치료하기 위해 자른 머리카락이었습니다. 다행히도 그 상처는 완치되었고, 머리 쪽 상흔은 전혀 찾아볼 수가 없었습니다.

사건에 대해 짧게 질문한 뒤, 요즘 생활과 학교에 관해 물으니 현재는 집에서 잘 지내고 있으며, 봄이 되면 3학년에 진급할 예정이라고 했습니다.

"너에게 폭행을 가한 아이 중에 누가 제일 밉노?"

"A, B, C, D 네 명 중에 A와 B가 제일 밉고, 그다음이 C이고, 그다음이 D입니다."

"C와는 연락이 되나?"라는 물음에 아이가 "예, 연락하고 있습니다."라고 대답하기에, "지금 C가 법정 밖에 와 있는 데 들어오라고 할까?" 했더니 아무 말도 하지 않았습니다.

밖에서 기다리던 C를 불렀습니다. C는 사건 발생 당시 나이가 열세 살이라서 부산가정법원 소년부로 바로 송치되었고, 다른 판사로부터 2017년 12월경 이미 소년보호처분을 받았습니다. 때문에 오늘 H에 대한 재판에 출석할 의무가 없었지만, 판사의 부탁에 따라 자발적으로 법정 밖에 와 있었습니다. 재판 전에 다른 사람을 통해 피해자와 C가 어느 정도 화해가 된 것 같다는 말을 들었기에 그에게 오늘 법정에 C를 데리고 와 달라고 부탁해 두었던 것입니다. 한편 C를 보고도 H는 아무런 동요도 보이지 않았습니다.

C에게 '○○야 미안하다, 용서해라.'를 열 번 외치라고 시켰습니다. C는 순순히 따랐습니다. "○○야 미안하다, 용서해라."

"○○야 미안하다, 용서해라."

그런데 어색해서 그런지 C의 태도가 불량해 보여 크게 호통을 쳤습니다.

"그렇게 무성의하게 해서 되나? 마음에 진심을 담아 미안하다고 하거라."

그러자 정신이 들었는지 C는 진심을 담아 용서를 빌기

시작했습니다.

"○○야 미안하다, 용서해 줘."

"○○야 미안하다, 용서해 줘."

외침이 반복되자 감정이 올라왔는지 C가 울음을 터뜨렸습니다. 그러고는 울면서 진심으로 용서를 빌었습니다.

"○○야 미안하다, 용서해 줘."

"○○야 미안하다, 용서해 줘."

열 번을 모두 외치고 나자 C는 시키지도 않았는데 스스로 "○○야, 내가 친구의 입장이 되어 보지 못하고 때려서 정말 미안하다."라며 사과를 했습니다. 그래서 H에게 물었습니다.

"C와 화해한 것이 맞나?"

그러자 H도 울면서 말했습니다.

"예, 맞습니다. C가 페북으로 미안하다는 말을 여러 번 했습니다. 진심으로 미안해하고 반성하고 있는 것 같아서 용서하기로 했습니다."

그 뒤 H의 어머니에게 "C에게 하실 말씀이 있으면 하십시오. 무엇이라도 좋습니다."라고 말했습니다. 그런데 뜻밖에도 할 말이 없다고 하기에 놀라서 다시 물었습니다.

"진짜 하실 말씀이 없으십니까?"

두 번째 질문에도 여전히 H의 어머니는 "없습니다."라고 담담하게 말했습니다. 딸이 용서를 했기 때문인지 어머니의 분노도 많이 누그러진 것 같았습니다. H에 대하여 보호자에게 위탁하는 처분을 내리면서, H와 어머니에게 청소년회복센터 청소년을 대상으로 몸과 마음을 치유하는 '2인 3각 멘토링 여행'을 가 보는 게 어떻겠느냐고 제안하자 흔쾌히 참가하겠다고 했습니다.

그런 다음 H에게 C와 한번 껴안아 보라고 했더니 두 아이는 서로 부둥켜안고 눈물을 흘렸습니다. 감정이 올라와도 법정 안에서 눈물을 흘리는 경우는 없었는데, 두 아이의 화해 장면에 가슴이 벅차올라 저도 모르게 눈물을 떨구었습니다. 그러고도 법정을 나가는 어머니와 두 아이의 모습이 계속 마음에 남아 결국 잠시 휴정을 해야 했습니다.

오전 재판을 마치고 점심식사를 마친 다음, 마음을 달랠 겸 찻집에 가서 차를 마시고 있었는데 H와 어머니가 2인 3각 멘토링 여행의 멘토와 왔습니다. H에 대한 딱한 생각에 가슴이 또 시려 왔습니다. 그래서 H에게 말했습니다.

"○○야! 너 판사님 딸 하자."

그랬더니 H가 빙긋이 웃었습니다. 싫지는 않은 모양이

어서 서로 번호를 교환하고 휴대폰으로 사진을 찍었습니다. 그런 다음 말했습니다.

"누가 또 괴롭히거든 이 사진 보여 줘라. 그리고 힘들면 판사님에게 연락해."

그리고 오후 재판을 위해 아이와 헤어졌습니다. 웃는 얼굴로 헤어졌지만 그동안 H가 받았을 고통을 생각하니 사무실로 들어오는 발걸음이 가볍지 않았습니다. H가 제주로 2인 3각 여행을 떠나기 전날 밤에 카톡으로 편지를 보내왔습니다. 아이의 상태가 많이 좋아진 듯하여 조금 안심이 되었습니다. H의 편지 일부를 소개합니다.

솔직히 C라는 친구, 용서가 안 되어야 하는 건데 조금이나마 추억이었던 때를 생각하니 마음이 너무 아팠습니다. 그래서 C가 무릎 꿇는 것도 싫었고, 울면서 사과하는데 괜히 더 고마운 마음이 들고 친구한테 무릎을 꿇는다는 게 정말 자존심 상했을 건데 미안하고 고마웠습니다. 정말 이때까지 많은 눈물을 흘려서 눈물이 안 나올 줄만 알았는데 C가 무릎을 꿇는 순간 눈물이 나왔고, 또한 판사님이 그때 일을 말씀하실 때 울컥했습니다. 항상 웃다가도 멀쩡하다가도 그 얘기만 나오면, 조금이라도 생각을 하면 눈물이 나오는 것 같습니다. C가 진심으로 그랬든 아니든 저는 진심으로 받아들일 테고 C도 마음고생 많이 했을 거라 생각하니 너무 미안하고 고마운 마음이 큽니다.

……재판장에서 판사님께서 누가 제일 밉냐 물어보셨을 때 솔직히 저는 저 자신이라고 말하고 싶었습니다. 하지만 뒤에서 엄마가 저를 보는데 제가 저런 말을 하면 슬퍼하실까 봐 말을 못했습니다. 그래서 이렇게라도 말을 하네요. ㅎㅎ 저는 A, B, C, D 어떤 그 누구보다 저 자신이 제일 미워요. 그리고 이때까지 사고를 치면서 저로 인해 피해 보셨던 모든 분에게 너무 죄송합니다. 제가 인제 와서 후회한다고 해 봤자 되돌려지는 것은 없지만, 반성은 평생 하고 또 할 것입니다. 저는 이번 일이 있었던 것은 제가 이때까지 잘못한 것들 다 모아서 벌 받았다고 생각할 것입니다.

또 천종호 판사님이 쓰신 책을 보고 있는데 너무 감동적이고, 보는 내내 제가 잘못한 것들을 다시 생각해 보는 시간이었던 것 같습니다. 기회가 된다면 다시 한번 읽어 보고 싶어요. 앞으로 저는 착하게 살아갈 것이기 때문에 판사님을 뵐 수 있을지 모르겠지만 가끔 뵙고 싶어요.

꿈을 이룬다는 것은 그 일을 하면서 즐겁고 행복하고 몸에서 피가 끓는 것이라고 배웠습니다. 저에게 있어서 그런 일은 저로 인해 엄마가 행복한 것, 힘들지 않은 것, 울지 않는 것, 딱 이것 하나인 것 같습니다. 저는 이제 아침에 일어나면 오늘 나의 목표는 이것이라는 목표를 지니고 열정을 가지고 하루를 시작할 것입니다. 무슨 일이든 힘들어하지 않고 모든 걸 극복해 낼 것입니다. 전 할 수 있습니다. 그리고 친구보다는 가족을 당연히 더 사랑할 것입니다. 무슨 일을 하든 결국 마지막에 제 옆에 있는 건 제 가족들이니까요.

또 한 번 저를 되돌아보는 시간을 가지게 해 주신 판사님께 정말 감사합니다.

그 이후에도 저는 H와의 인연의 끈을 놓지 않았습니다. 중학교 2학년이던 H가 학교에 복귀하여 학업을 마치는 것이 무엇보다 우선이어야 했기 때문입니다. 부산여중생폭행 사건이 터졌을 때 H의 누적 결석일수는 60일이나 되었고, 3일만 더 결석하게 되면 유급되어 2학년을 또 다녀야 하는 입장이었습니다. 그런데 그동안 H와 함께 놀던 친구들은

함께 나누는 아픔이 되기를

학교 부적응으로 방황하는, 이른바 '비주류' 아이들이었기에, '주류' 아이들이 많은 학교로 다시 돌아가 학업에 마음을 붙이는 것은 H에게는 결코 쉬운 일이 아니었습니다.

더구나 이번 폭행사건으로 전 국민의 관심을 불러일으켰기에 학교 친구들과 선생님들의 따가운 시선도 이겨 내야 했습니다. 마음의 부담이 매우 컸을 것입니다. 그것은 폭행사건으로 인한 상처의 치유와 회복과는 또 다른 문제였습니다. 그래서 저는 아이에게 조그마한 힘이라도 되어 줄 요량으로 "누가 괴롭히거든 이 사진을 보여 주라."라고 응원했고, 이후에도 계속 문자나 전화로 소통하였습니다. 또 장학금을 모아 아이에게 보내기도 하였습니다.

2018년 3월 H는 무사히 중학교 3학년으로 진급했습니다. 그리고 2018년 5월 어버이날이었습니다. H가 사무실로 찾아왔습니다. 머리가 가지런히 정리된 아이가 너무 예뻤습니다. 손에는 작은 카네이션이 들려 있었는데 수줍은지 아무 말 하지 않고 제게 꽃을 내밀었습니다. 그날 저녁 아이와 함께 저녁식사를 한 뒤 작은 선물을 준 다음 헤어졌습니다. 총총걸음으로 지하철역으로 향하는 아이가 기특했습니다.

2018년 12월 H가 카톡으로 소식을 보냈습니다.

"판사님, 저 면접 보고 합격했어요."

중학교를 잘 마치고 고등학교에 합격했다고 하니 너무 반가워 가슴이 뛰었습니다. 인생의 큰 고비를 넘긴 아이에게 응원을 보냈습니다. 고등학교도 어려움을 잘 이겨 내고 마치기를 간절히 기도했습니다.

H 같은 피해자를 진정으로 돕는 길은 무엇일까 고민해 본 적 있으신가요? 가해자에 대한 혐오를 내뱉으며 엄벌하라고 청원하고 기사에 댓글을 달기만 하면 피해자의 상처가 치유되고 회복될까요? 그렇지 않습니다. 그것만으로는 부족합니다.

범죄 피해자들을 진정으로 돕는 길은 그것 외에도 범죄 피해자 구조에 관한 제도를 세밀하게 만들어 피해자들이 제도의 불비로 보호망에서 벗어나는 일이 없게 하는 한편, 제도가 미비한 경우 공동체 구성원이 나서서 아픔을 함께 나누며 고통에서 벗어날 수 있도록 돕는 일도 동반되어야 합니다.

부산여중생폭행사건이 터졌을 때, 대다수 시민은 가해자들의 엄벌에만 관심을 두었습니다. 피해자의 가정 회복이나 학업 복귀에 관해 관심을 가지는 사람도 거의 없었습

함께 나누는 아픔이 되기를

니다. 앞으로는 좀 더 크게 헤아릴 수 있는 어른다운 어른들이 많아지기를 소망합니다. 남과 같은 곳만 바라보며 분노를 표출하기보다는 남이 보지 못하는 곳을 살피고, 마음을 열고 작은 도움의 손길이라도 베푸는 참다운 어른들이 더 많아지기를 바랍니다.

인간을 위한
법과 정의

 사실 평범한 사람들에게 법정은 TV 드라마나 영화에서
나 볼 수 있는 낯선 장소입니다. 법정에 가 본 사람들보다
법정 문턱 한 번 밟지 않고 살아가는 사람들이 훨씬 더 많
으니까요. 그래서 어떤 사람들은 법정을 금단의 영역처럼
여기기도 합니다. 가서는 안 될 곳이나 멀리해야 할 곳으로
여기는 것이지요. 하지만 알고 보면 법정 역시 우리 생활의
일부일 뿐, 이상한 곳도 굳이 피해야 할 곳도 아닙니다.

 법정은 말 그대로 법을 다루는 장소를 뜻합니다. 그렇다
면 법을 다룬다는 건 어떤 의미일까요? 법이란 대체 무엇
이고 왜 필요한 걸까요? 그 이유는 인간이 사회적 동물이
기 때문입니다. 무인도에서 혼자 자급자족하며 살아간다면

옷도 법도 필요가 없겠지요. 그러나 인간은 사회를 이루어 집단으로 생활하고, 수많은 관계 속에서 살아갑니다. 그리고 여러 사람이 함께 사는 곳에서는 언제나 크고 작은 분쟁이 일어나기 마련이지요.

예컨대, 로빈슨 크루소가 무인도에 혼자 살 때는 벌거벗고 다니든, 한밤중에 고성방가를 하든 타인에게 해를 끼칠 염려가 없으므로 행동에 아무런 제약을 받지 않습니다. 하지만 두 사람 이상이 함께 살 경우에는 사정이 달라집니다. 로빈슨 크루소가 원주민 프라이데이를 만난 이후부터는 그의 삶은 제약을 받을 수밖에 없습니다. 그러한 제약은 지켜야 할 규칙으로 정착되어 갑니다. 이처럼 보다 나은 사회를 위해 사회 구성원들의 합의에 따라 만들어진 규칙이나 약속을 우리는 '법'이라고 부릅니다. 한마디로 말해 법은 '관계의 준칙'이라고 할 수 있습니다.

또한 법은 누군가를 처벌하고 억누르기 위해서가 아니라 사회공동체 구성원 모두의 권리를 지키고 보호하기 위해서 만들어진 것입니다. 특히, 사회적 약자를 보호하는 데 중점을 두고 있지요.

법이 사회적 약자를 보호한다고 하면 고개를 갸웃하는 사람들도 있을 것입니다. 법은 강자의 편에 서 있다고 생각하기 때문이지요. '유전무죄 무전유죄'라는 말이 사회적으로 크게 유행한 적이 있었는데, 이 말도 같은 생각에서 나온 말입니다. 그렇다면 법은 정말 강자의 편에 서 있을까요? 결론부터 이야기하면 그렇지 않습니다.

물론 사회적으로 영향력을 가진 사람들이 법에 대해 더 잘 알고 접근하기도 쉽기 때문에 법을 악용할 소지가 있는 것은 맞습니다. 하지만 그렇다고 해서 법 제도 전체를 폄하하거나 법이 힘센 사람들의 전유물이라고 생각해선 곤란합니다. 법이 없다면 당장 피해를 받는 쪽은 강자보다 약자일 가능성이 크기 때문입니다.

힘이 있다는 건 법의 유무와 관계없이 자신이 원하는 걸 가질 수 있다는 뜻입니다. '힘의 정의'가 되는 셈이지요. 육체적인 힘이든 돈의 힘이든 배경이 주는 힘이든 그들은 상대보다 유리한 위치에서 싸움을 시작할 것입니다. 어쩌면 그들에게 법은 자신들의 힘을 행사하는 데 귀찮은 걸림돌일 수도 있습니다. 이런저런 규제가 많으니까요. 하지만 약자들은 그렇지 않습니다. 억울한 일을 당해도 법이 아니면 마땅히 호소할 곳이 없는 사람이 약자이기 때문입니다. 바로 이와 같은 이유에서 법은 늘 우리 곁에 있었습니다.

그러면 정의에 대해 생각해 봅시다. 보통 사람들이 정의를 떠올리는 순간은 몹시 억울하거나 부당한 일을 당했을 때입니다. 사방이 어두워져야 불빛의 소중함을 알게 되듯이 부당한 일을 겪고 나서야 정의의 가치를 알게 되는 것이지요. 법과 정의의 문제는 판사인 저도 늘 고민하는 과제가 아닐 수 없습니다. 하루는 제게 소년원에 가는 9호처분을 받은 승철이라는 아이가 법원으로 찾아왔습니다. 소년원 생활을 포함해 이런저런 이야기를 나누고 헤어졌는데, 이틀 뒤 메일이 왔습니다. 저를 직접 만났을 때 떨려서 물어보지 못한 것이 있다며 승철이가 보낸 것이었습니다.

판사님, 제가 소년원에 있는 동안 많은 아이의 처분 내용을 들을 수 있었습니다. 매일 들은 재판 결과를 하나하나 적어 두고 같은 판사한테서 나온 죄명이나 죄질 등을 비교하면서 형평성 문제를 곰곰 생각해 보았습니다. 한 번은 과자를 훔친 아이는 소년원에서 2년간 지내야 하는 10호처분을 받았는데, 특수강도를 저지른 다른 아이는 비교적 가벼운 처분으로 사회로 나가게 되었다는 이야기를 들은 적도 있습니다. 뭔가 많이 어긋나고 이상하지 않습니까?

나름대로 재판의 공정성에 의문을 제기한 승철이에게 다음과 같은 질문으로 저도 답변을 대신했습니다.

승철이의 의견에는 충분히 공감이 간다. 승철이가 의문을 가지는 부분에 관해서는 판사님 책에 어느 정도 답변을 해 두었으니 정독해서 답을 찾을 때까지 몇 번이고 읽어 보렴. 그리고 한 가지 질문을 하마. 지금까지 수십 번의 비행을 저지른 아이가 과자를 훔친 경우, 그리고 비행 전력이 전혀 없는 아이가 처음으로 특수강도를 저지른 경우, 두 아이에게 어떤 처분을 내리면 좋을까?

승철이의 의문은 소박하지만, 판사직과 재판의 정곡을 찌르는 것이었습니다. 판사들의 재판은 그 절차와 결과가 법률에 위배되지 않는 한, 적법한 것이 됩니다. 하지만 개별 사건에서의 재판 절차가 편파적으로 진행되거나 다른 사건의 재판 결과와 비교해 편차가 심한 경우에는 재판의 공정성을 의심받게 됩니다. 더 나아가 재판이 적법하고 공정하다고 해도 정의의 관점에서 볼 때 받아들이기 어려운 재판이 있습니다. 결국 국민은 판사의 재판을 '적법한 재판' '공정한 재판' '정의로운 재판'으로 나누어 보고 있는 것입니다. 판사가 최종적으로 달성하고 싶은 것이기도 하고, 주권자인 국민이 기대하는 바이기도 한 것이 바로 재판을 통해 정의를 세우는 일입니다.

재판이 정의로운지를 판단하려면 먼저 정의가 무엇인지 알아야 합니다. 간단히 말하기는 어려우나 제가 생각하는 정의는 '생명, 자유, 소득과 부, 권리와 의무, 권력과 기회, 공직과 영광' 등 이른바 '사회적 가치'의 분배 상태에 대한 평가와 개선에 관한 문제입니다. 세분해서 말하면, 정의의 문제는 사회적 가치를 각자의 몫에 따라 분배하고(분배), 분배된 몫에 대해서는 독점적, 배타적으로 누리게 하며(향유), 누림에 있어 문제가 발생한 경우에는 바로잡고(시정), 분배되는 몫의 격차가 큰 경우에는 몫의 격차를 줄여 주는 (재분배) 것입니다.

쉽게 설명해 보겠습니다. A가 휴대폰을 부모님으로부터 선물을 받았습니다(분배). 그 휴대폰은 A에게 분배된 몫이므로, 다른 아이들은 A로부터 그 휴대폰을 빼앗아 쓸 권리가 없습니다(향유). 그런데 B라는 아이가 A의 휴대폰을 빼앗아 쓰기 시작했습니다. 이때 A는 B에게 휴대폰을 돌려 달라고 말할 권리가 있고, 만약의 경우 공권력을 빌려 회수해 올 수도 있습니다(시정). 그런데 알고 보니 B가 A의 휴대폰을 빼앗은 이유는 B에게는 휴대폰을 살 돈이 없었을 뿐만 아니라 휴대폰을 사 줄 보호자나 친척이 없었기 때문이었습니다. 이 경우 B의 재비행을 막는 길은 누군가가 B에게 휴대폰을 사 주는 것이고, 이는 재분배의 문제라고 할 수 있습니다. 사법정의에서의 주된 관심사는 분배된 몫을 향유하는 데 있어 문제가 없는지, 있다면 어떻게 하면 바로잡을지 하는 데 있습니다. 다시 말하면, 권리가 정당하게 행사되고 의무가 제대로 이행되고 있는지, 권리의 행사와 의무의 이행에 있어 문제가 생긴 경우 국가의 집행권이나 형벌권의 행사를 통해 적정하게 시정되고 있는지 등의 문제를 주로 다룹니다.

그런데 사법정의의 영역만 판단해서는 '정의로운 재판'이라고 하기 어려운 재판이 있습니다. 바로 사법과 복지가 만나는 소년재판입니다. 예를 들어 보겠습니다. 아버지의 심한 가정폭력으로 인해 가정이 해체되어 어머니와 생활을 하던 중학교 1학년 쌍둥이 형제가 어머니의 우울증 등으로 인해 가정의 보살핌을 제대로 받지 못하자 상습적으로 절도를 저질러 재판을 받게 된 경우, 이 아이들의 나이가 어리고 비행 정도가 경미하다는 이유로 아무런 조치 없이 어머니에게 위탁하는 처분을 내린다면 그 재판이 과연 정의로운 재판이라고 할 수 있을까요? 이런 경우에는 재범 방지 차원에서라도 국가와 사회가 나서서 그 아이들에게 대안가정이라도 마련해 주는 것이 진정한 의미에서 정의롭다고 할 수 있을 겁니다.

또 다른 예를 들어보겠습니다. 부모의 이혼으로 어머니와 생활하던 소년이 가출 뒤 숙식비를 마련하기 위해 인터넷 물품 판매 사기를 저질러 300만 원가량의 피해를 입히고 소년재판을 받게 되었습니다. 법정에 선 소년의 어머니는 집주인에게 양해를 구하고 전 재산인 임차보증금 300만 원을 돌려받아 피해를 모두 변상했다며 선처를 호소했습니다. 살던 집에서 나와 허름한 사글세 집으로 옮기면서까지 피해를 변상한 것입니다.

소년이 편취한 돈은 피해자에게 반드시 돌려주어야 합니다. 피해회복과 관련해 아무런 조치 없이 방치하는 것은 소년에게 면죄부를 주는 꼴이 되고, 이는 정의의 원칙에도 어긋납니다. 피해회복 과정에 소년과 그 가족에게 가혹한 결과가 초래될 수 있다고 해도 우선 피해회복을 하도록 권고해야 합니다. 이것이 시정적 정의입니다.

소년의 어머니는 저의 권고에 따라 자신의 전 재산을 털

어 아들이 저지른 비행에 대한 원상회복을 마쳤습니다. 그래서 소년에 대한 보호관찰을 조건으로 어머니에게 위탁하는 처분을 내렸습니다. 그런데 소년과 그 어머니는 처분 이후가 문제입니다. 소년의 재비행을 막기 위해서는 소년과 어머니에 대한 복지적 차원의 지원이 따라 주어야 하고 소년의 자립을 위해 학업 이수와 직업교육 실시 등 교육적 차원에서의 지원도 뒤따라야 합니다. 경제적 약자인 소년 가족의 입장을 감안해 분배구조에 조정을 가하는 것, 이것이 분배의 정의입니다.

오늘날 우리 사회는 신분적 평등과 정치적 평등이 이루어졌으나 경제적 평등은 여전히 숙제로 남아 있습니다. 분배의 불평등을 해소해 나가기 위한 노력은 계속되고 있지만 나누어야 할 파이의 크기가 그대로여서 누군가의 양보가 필요한 경우에는 합의에 이르기가 어렵습니다. 사실 모두를 만족시키는 분배 규칙을 만드는 것은 불가능에 가깝지요. 하지만 '사회 협동체를 통해 좀 더 나은 생활을 할 수 있다는 점에서 이해관계가 일치한다.'라는 존 롤스의 견해를 수긍한다면 현재보다 조금이라도 나아진 분배체계를 계속적으로 실현하기 위해 노력하는 것만이 최선의 길이 아닐까요?

하나의 문이 닫히면
다른 문이 열린다

프랑스에는 '쇠이유'(Seuil)라는, 비행소년을 위한 도보 여행 프로그램이 있습니다. 한 명의 비행소년이 성인 멘토 한 사람과 함께 3개월 동안 1,600킬로미터를 걷는 여행을 완수하게 하는데, 여행을 완주하면 판사와 법원 직원들, 그리고 관계자들이 성대한 파티를 열어 줍니다. 도보 여행을 마친 청소년들의 재범률은 15퍼센트로, 일반 비행소년들의 재범률 85퍼센트보다 극히 낮았다고 합니다. 『걷기예찬』이라는 책으로 유명한 인류학자 다비드 르 브르통은 쇠이유를 지지하며 '걷기는 자신의 문제를 마주하는 내면의 여정이다. 걷기는 아이들이 자신의 과거와 결별하고 스스로를 둘러싼 벽에 창문을 낼 수 있는 내면의 힘을 줄 것.'이라고 말했습니다.

저 또한 쇠이유가 지향하는 바에 마음이 크게 움직여, 2015년부터 사단법인 만사소년과 후원자들의 도움을 받아 힘을 다해 아이들과 '2인 3각 도보 여행'을 시행하고 있습니다. 두 사람이 각자의 다리 중 한쪽을 끈으로 묶고 함께 달려가는 2인 3각처럼, 성인 멘토와 위기 청소년 멘티가 서로 마음의 다리를 묶고 한마음이 돼 도보 여행을 하라는 뜻에서 붙인 이름입니다. 목표를 세우고, 계획을 짜고, 익숙하지 않은 일과를 견디고, 동행자와 대화하며 보살핌을 받는 것 등 도보 여행의 모든 과정 하나하나가 아이들에게 너무나 소중합니다. 포기하는 아이도 있을 것이고, 투덜대는 아이도 있을 것이라 생각했습니다. 여행이 끝나도 크게 달라지지 않는 아이가 있을지도 모른다고 생각했습니다. 그럼에도 버려진 거리가 아니라, 스스로 선택한 길 위를 걷는 경험은 이 아이들이 삶의 방향을 찾는 데 디딤돌이 되어 줄 것이라고 생각하고, 도보 여행 프로그램을 실행했습니다.

2020년 12월까지 모두 31명의 아이가 8박 9일 동안 제주도 올레길을 걷는 2인 3각 여행에 참여했습니다. 2인 3각 여행의 핵심은 일대일로 8박 9일간 걷는다는 데 있습니다. 국토순례 여행 등 보통의 도보 여행은 집단적으로 실시됩

니다. 집단 여행에는 장점이 아주 많습니다만 무시하지 못할 단점이 있습니다. 집단으로 여행을 하게 되면 프로그램에 잘 참여하는 아이와 그렇지 못한 아이 사이에 눈에 보이지 않는 구분짓기가 생기고, 그로 인해 어떤 아이들은 온전히 존중을 받지 못하고 다른 아이와 비교되고 소외를 겪게될 가능성이 크다는 점입니다.

그런데 2인 3각 도보 여행은 오로지 한 아이를 존중하기 위한 여행입니다. 하루에 정해진 15킬로미터 내지 20킬로미터의 거리를 걷는 것을 빼면, 나머지 시간은 모두 아이에게 주도권을 줍니다. 끼니마다 무엇을 먹을지 아이가 우선적으로 선택할 수 있고, 다른 아이와 비교하여 잘 걷는지못 걷는지 평가받을 필요도 없습니다. 또한 2인 3각 여행기간은 반드시 8박 9일을 변함없는 원칙으로 합니다. 어떤분들은 4박 5일로 하자고 제안하기도 합니다만, 그 일정으로는 아이들에게 고비를 넘길 경험을 못하게 할 가능성이크기 때문이지요. 그런 여행은 그야말로 여행이지, 인생의역경을 이겨 낼 힘을 기르는 도보 여행이 아닙니다. 프랑스쇠이유에 비하면 아주 짧은 기간이지만, 여행에 참가한 아이들은 보통 5일 또는 6일째에 고비를 맞습니다. 그 고비를극복한 아이들에게서는 놀라운 생명력이 회복되기 시작한다는 것을 목격할 수 있습니다.

　이런 방식으로 진행한 결과, 2인 3각 여행에 참가한 아이들 대부분이 삶에 큰 변화를 보였습니다. 우울증 약이 없으면 아무것도 할 수 없던 아이가 여행을 마치고 돌아온 후부터는 약을 끊고 보통 아이들과 같은 생활을 시작하여 주치의를 놀래게 한 일, 정신병원을 대여섯 번씩 들락거리며 보육원 선생님들을 괴롭히던 아이가 정상적인 삶을 회복한 일, 엄마와의 갈등으로 학업을 포기하고 절망의 나날을 살던 아이가 여행을 마치고 돌아온 이후 엄마와의 관계를 회복하고 신나게 꿈을 찾아간 일, 아동학대를 당해 폭력적인 성향을 보이던 아이가 여행에서 돌아와 자신의 감정을 조절할 수 있게 된 일, 엄마와의 갈등으로 가출해 성매매를 하며 절망의 끝을 달리던 아이가 여행에서 돌아온 뒤 회복되어 고등학교를 마치고 원하던 대학에 들어간 일 등등 이루 말할 수 없는 기적이 일어났습니다. 8박 9일의 짧지만 긴 이 여행이 아이들에게는 큰 축복임이 분명했습니다.

　이러한 축복은 아이들에게만 찾아온 것이 아니었습니다. 8박 9일간의 시간을 희생하며 여행에 참가했던 모든 분이 입을 모아 "이 2인 3각 여행은 제 인생에서도 소중하고 기억에 남을 여행입니다."라고 말합니다. 그분들에게도 비행소년이라는 선입견에서 벗어나 '이 아이들 역시 보통 아이들과 다름없다.'라는 생각으로 바뀐 것 역시 이 여행의 중요한 의미가 되었습니다.

쇠이유 재단의 설립자인 베르나르 올리비에는 "자신의 아이는 과잉보호하면서 다른 아이들은 더 억압하라고, 위험한 아이들을 격리시키라고 요구하는 게 프랑스의 현실이다."라고 개탄했습니다. 우리나라 또한 다르지 않습니다. 어느 날 기자 한 분이 사무실에 들렀기에 이런저런 이야기를 하다가, 제가 배석판사로 담당했던 한 소년의 이야기를 듣게 되었습니다. 당시 중학생이었던 그 소년은 퍽치기 범죄를 저질러 형사재판을 받았는데, 그의 아버지는 야구에 남다른 재능이 있던 아들을 포기할 수 없어, 피해자들 모두에게 아들을 대신해 크게 사죄하고 배상하여 용서를 받았습니다. 아들을 살리겠다는 아버지의 정성이 통해 1심에서는 형 집행유예의 판결이 선고되었고, 2심에서는 소년부 송치 결정이라는 소년보호처분이 내려졌습니다. 사회봉사와 보호관찰을 모두 끝낸 소년은 고등학교에 진학하였고, 이후에는 다시는 비행을 저지르지 않고 훌륭한 야구 선수로 자랐습니다. 그리고 프로야구 신인 드래프트로 국내의 유명 구단에 입단해 시범 경기에서 호투를 펼쳤고, 이로 인해 금방 유명세를 타기 시작했습니다. 그런데 그가 막 자신의 꿈을 펼치려던 찰나에 누군가가 그의 비행 전력을 인터넷에 올렸고, 그의 어두운 과거가 SNS를 통해 퍼져 나가기 시작했습니다. 한국야구위원회 홈페이지와 소속 구단 홈페이지는 순식간에 '펀치기 전과자 투수'라며 그를 비난하는 글로 뒤덮였고, 결국 그는 정규시즌 마운드에 오르지도 못한 채 그해 4월 야구장을 떠났습니다.

이후 그의 인생은 나락으로 떨어졌습니다. 사회에서 거부당한 그가 다시 범죄를 저지르고 구속되었다는 소식에 큰 안타까움이 몰려왔습니다. 저는 그의 이야기가 실린 제 책 앞에 '힘들 때마다 아버님의 기도와 노고를 기억하시기 바라며 이 책을 드립니다.'라는 글을 적어서 기자에게 전해 달라고 건넸습니다.

그리고 며칠 뒤, 기자가 저에게 쓴 그의 편지를 들고 찾아왔습니다. 아버님은 이미 돌아가셨고, 그는 그 책을 읽으며 돌아가신 아버지 생각에 많이 울었다고 했습니다. 편지에는 새 삶을 살겠노라는 다짐이 빼곡히 적혀 있었습니다. 그가 이제부터라도 보통 시민으로서의 삶을 살아가기를 바랄 뿐입니다. 비록 무거운 죄를 저질렀다고 하나 그는 이미 법에서 정한 처벌을 받았습니다. 그를 비난하는 대신 마운드에 설 기회를 주었더라면 우리는 또 한 사람의 뛰어난 야구 선수를, 어두웠던 과거를 딛고 새 삶을 시작하는 갸륵한 야구 선수를 얻었을지도 모릅니다. 그랬더라면 그 또한 자신에게 관용을 베푼 사회에 보답하는 마음으로 더욱더 열심히 운동에 전념하고 선량한 시민이 되어 살았을지도 모릅니다.

이렇게 생각하니 아쉬움과 씁쓸함에 가슴이 답답해집니다. 죄를 저질렀으면 처벌을 받는 건 당연합니다. 하지만 영원히 벌만 받게 할 수는 없습니다. 다시 함께 살아야 합니다. 죄는 엄벌하되, 죗값을 치르고 나면 사회 구성원으로 되돌아가 어엿한 시민으로 살아갈 수 있게 도와줘야 하지 않을까요? 무릇 죄는 형벌로 다스리는 것이 아니라 세상이 도와야 재발하지 않는다고 했습니다. 세상에서 소외되고 거리로 내몰린 아이들을 품어 되돌리는 일을 누군가는 꼭 해야 하지 않을까요.

소년법을
다시 생각하며

　최근 몇 년간 부산여중생폭행사건을 비롯해, 인천초등 생살인사건, 캣맘사건, 렌터카도주치사사건 등이 연달아 우리 사회를 뜨겁게 달구었습니다. 이 사건들의 공통적인 관심사는 잘 아시다시피 소년범에 대한 처우 문제입니다.

　그럼 현재 상황에서 뭐가 문제일까요? 마지막으로 이 문제를 이야기하기 전에, 먼저 형사처분(이하 '형벌'이라 함) 의 의미에 대해 잠깐 짚고 넘어가는 것이 좋을 듯합니다. 그래야 소년법을 둘러싼 현재의 논란을 제대로 이해할 수 있을 테니까요.

　형벌이 곧 법이라고 생각하는 사람들도 있을 만큼 형벌 은 법에서 무거운 의미를 가지고 있습니다. 국가 권력이 개인에게 직접적으로 내리는 벌이기 때문입니다. 그런데 법을 어겨도 형벌을 받지 않거나 가볍게 받는 사람들이 있습니다. 바로 소년법에서 규정한 '반사회성이 있는 소년들', 즉 만 10세 이상 19세 미만의 비행소년들이지요. 18세이면 대략 고등학교 3학년에 해당되는 나이입니다. 그럼 고등학교에 다닐 때까지는 아무리 나쁜 짓을 해도 형벌을 받지 않거나 약하게 받을까요? 물론 그렇지는 않습니다. 소년재판이 소년법의 본질과 목적에 따라 처벌보다 교육의 관점에서 접근하는 것은 맞지만, 그렇다고 해서 형벌을 내리지 않거나 무조건 관대한 처분을 하는 것은 아닙니다. 비교적 가벼운 형벌을 받지만 재범하거나 심각한 범죄를 저질렀을 경우에는 형벌도 무거워집니다. 다만 미성년자라는 점을 고려하여 성인 범죄자와는 조금 다른 기준을 적용하고 있지요. 소년법을 둘러싼 논란이 계속되는 것은 바로 이 '조금 다른' 형벌 기준 때문입니다.

현재 가장 논란이 되는 문제는 아무리 심각한 범죄를 저질러도 미성년자는 사형과 무기징역에 처할 수 없다는 것, 그리고 촉법소년에 대해서는 형벌을 내릴 수 없다는 것입니다. 성인이라면 사형이나 무기징역에 처할 만큼 심각한 범죄를 저질러도 유엔아동권리협약의 권고와 소년법의 보호 규정에 따라, 만 18세 미만의 미성년자에 대해서는 최고 20년형까지만 형벌이 가능하도록 되어 있고(현행 형법상 만 18세의 소년에 대해서는 사형 선고가 가능함), 만 10세 이상 14세 미만의 촉법소년(범죄행위를 했으나 형사법 적용대상에 포함되지 않는 미성년자)은 형벌을 받지 않도록 규정합니다. 소년법에 대한 일반의 분노는 바로 여기에서 시작됩니다. 법은 엄중하고 공평해야 하는데, 어리다는 이유로 형벌을 내리지 않거나 솜방망이 처벌을 하는 것이 납득되지 않는 것이지요.

현재 소년법 규정에 따르면, 만 14세 미만 소년이 살인 같은 중범죄를 저질렀을 경우 그 소년에 대해 내릴 수 있는 가장 무거운 처벌은 소년원에 2년간 보내는 것입니다. 일반적인 비행이라면 소년원에서 2년간 지내는 것이 결코 가벼운 처벌은 아닙니다. 하지만 살인 같은 중범죄는 경우가 다르지요. '살인해도 2년밖에 안 돼?'라는 의문이 생길 수밖에 없습니다. 이런 의문이 소년법의 존재 이유에 대해 근본적인 질문을 던지게 만드는 것이지요. 최근에는 범죄를 저지르는 연령대가 점점 어려지고 있어 이 논란을 더욱 부채질하고 있습니다.

이렇듯 소년법을 둘러싼 논란이 사회적으로 크게 확대된 것은 앞서 봤듯이 부산여중생폭행사건의 여파가 컸습니다. 얼마나 논란이 뜨거웠던지 당시에는 소년법 폐지에 대한 반대 의견을 내기조차 어려웠습니다. 어떤 문제든 찬성과 반대 의견이 있기 마련인데, 반대 의견을 내놓는 순간 엄청난 비난에 시달려야 했기 때문이지요.

소년법을 둘러싼 논란은 지금도 현재진행형입니다. 대체 소년법이 어떤 내용을 담고 있기에 법을 폐지하자는 극단적인 주장까지 나오고, 지금까지도 논란의 대상이 되는 것일까요? 저 역시 여러 곳에서 이와 관련한 질문과 의견을 많이 받고 있습니다. 이번 기회에 어느 기자분의 질문을 토대로, 소년법 폐지와 개정 문제에 관한 제 의견을 축약해 보았습니다.

소년법 개폐 문제를 논하기 위해서는 우선적으로 우리나라 형사법과 형사정책 체계 및 목적에 대한 기본적인 이해를 하고 있어야 합니다. 그러지 않으면 올바른 의견을 도출하기 어려울 뿐만 아니라 논의하는 동안 자꾸 샛길로 빠질 수 있기 때문입니다.

주로 소년법 폐지론자들은 다음 입장을 강조합니다.

① 소년범의 연령을 낮추어 형법의 적용을 받게 해 엄중한 처벌을 받게 하자.

: 13세 촉법소년(만 10~13세)이 저지른 렌터카도주치

사사건이 여기에 해당하고, 9세 아동이 저지른 캣맘

사건도 여기에 해당합니다.

② 소년법을 폐지하여 형법의 적용을 받는 범죄소년(만

14~18세)에 대해서는 사형 또는 무기징역형까지 선고

할 수 있게 하자.

: 16세 소년이 저지른 인천초등생살인사건이 여기에

해당합니다.

③ 소년법을 폐지하여 소년보호처분을 아예 없애고, 소

년범에 대해서도 형벌만 부과할 수 있도록 하자.

먼저, 소년범의 연령을 낮추자는 주장①을 살펴봅시다. 이 주장이 반영되려면 소년법의 폐지만으로는 되지 않고, 형법까지 개정해야 한다는 것을 염두에 둬야 합니다. 왜냐하면 소년법을 폐지하면, 소년범죄에 대해 형법을 적용할 수밖에 없는데, 형법에는 '형사미성년자'를 '만 14세 이상'으로 규정하고 있기 때문입니다. 따라서 소년법이 폐지되더라도 형법을 개정하지 않으면 만 14세 미만의 소년범(특히 흉악범죄 및 강력범죄를 저지른 소년범)에 대해서는 형벌을 부과할 수 없을 뿐만 아니라, 소년보호처분조차도 부과할 수

없게 됩니다. 따라서 소년법을 폐지하여 그 목적을 달성하려면 형사미성년자의 연령을 낮추는 내용으로 형법이 개정되지 않으면 안 됩니다. 그런데 소년법을 폐지하는 동시에 형법을 개정하여 형사미성년자의 연령을 만 13세 미만으로 했다면, 이제는 만 12세 이하 소년범에 대해서는 형벌뿐 아니라 소년보호처분조차 부과할 수가 없음을 알아야 합니다. 그럼 몇 살까지 형사미성년 연령을 낮추어야 할까요? 한번 고민해 보시기 바랍니다.

다음으로, 소년범에 대해서도 사형이나 무기징역형까지 선고할 수 있게 하자는 주장②를 보겠습니다. 만약 소년법을 폐지하게 되면 범죄 내용에 따라 만 14세(소년법 폐지와 더불어 형법 개정이 이루어져 형사미성년자 연령이 낮아진 경우에는 그 연령) 이상의 소년범에 대한 무기징역형이나 사형까지 선고할 수 있게 됩니다. 형사미성년자에 대한 사형이나 무기징역형을 선고할 수 있게 하는 것은 근본적으로 형벌에 있어 성인과 동등한 취급을 한다는 것을 의미합니다. 그런데 형벌에 있어 미성년자를 성인과 동등하게 취급한다면, 나머지 법 영역에서도 동등한 취급을 해야 합니다. 불이익을 당하는 부분에 있어서는 동등하게 대우하면서 이익을 얻는 부분에 있어서는 차별적으로 대우하는 것은 민주주의나 법치주의에 근본적으로 위반된다고 하지 않을 수 없기 때문입니다. 대표적으로 형사미성년자에게 사형이나 무기징역형을 부과할 수 있게 하려면, 그들에게 공직선거법상의 선거권부터 주어야 합니다. 최근 공직선거법상 선거연령을 만 18세로 하향한 것은, 형법상 만 18세의 소년에게 사형이나 무기징역형을 선고할 수 있도록 한 규정을 염두에 둔 것으로 볼 수 있습니다. 이 점에 관해선 『호통판사 천종호의 변명』에 상세히 언급했으니 참조하시기 바랍니다.

끝으로, 소년법을 폐지하여 소년범에 대해 사형 또는 무기징역형을 선고할 수 있게 되면, 국내법 및 국제법상 여러 가지 문제가 발생할 수 있을 뿐만 아니라 형사정책상의 문제가 있기 때문에 전문가들 사이에서는 소년법 폐지에 관해서 부정적인 시각이 우세합니다.

이상의 점을 종합적으로 고려하면, 소년범 처우와 관련해서는 다음 방안이 가장 현실성이 높다고 봅니다. 첫째, 소년법을 존속시키되 개정하여 소년범에 대한 유기징역형의 상한을 높이고, 둘째, 형법을 개정하여 형사미성년자의 연령을 낮추어 범죄소년의 연령을 낮추는 것입니다.

이를 토대로 한다면, 결국 소년범의 처우와 관련한 개정 논의는 "형사미성년자의 연령을 낮추어야 하는가? 낮춘다면 몇 살로 해야 하는가? 유기징역형의 상한은 얼마로 할 것인가?"로 압축됩니다.

이와 관련해 촉법소년의 상한 연령을 만 14세에서 만 13세로 낮추자는 방안에 대해서 어떻게 생각할 수 있을까요? 우선, 형사미성년자 연령을 만 13세로 낮추는 방안이 범죄정책 및 교정정책상의 연구 결과에 근거한 것인지가 불분명합니다. 단순히 여론에 떠밀려 일단 형사미성년자 연령을 한 살 아래로 낮추는 미봉책이 되어서는 안 됩니다. 형사미성년 연령이 만 12세 이하로 되더라도 여전히 같은 문제가 남습니다.

최근 20만 명 이상의 동의를 얻은 소년법 관련 국민청원은 대부분 살인, 성폭행 등 흉악범죄를 계기로 생겨났습니다. 특정 범죄에 한해 촉법소년-보호처분을 제외하는 방안을 어떻게 생각하나요? 피해자들의 회복 불가능한 피해에 대한 응보적 조치로 고려해 볼 수 있는 방안에는 어떤 것이 있을까요? 등과 같은 질문들도 많이 받습니다.

국민의 여론이 들끓는 것은 흉악범죄 및 강력범죄에 대해 연령 제약으로 인해 약한 처분이 내려지는 것에 있습니다. 저 역시 흉악범죄 및 강력범죄만이라도 보다 엄중한 대책이 필요하다고 생각합니다. 그런데 이에 앞서 먼저, 형사미성년자에 대해서 형벌을 부과할 근거가 제시되어야 합니다. 이 점을 해결하는 방법은 '형사미성년자에 대한 형벌 부과에 관한 특별법'을 제정하는 것입니다. 다음으로, 형사법 체계 및 교정 체계상의 문제가 해결되어야 합니다. 만약 국민의 의견이 모두 반영되어 흉악범죄 및 강력범죄에 대해서는 연령 고하를 막론하고 엄중한 형벌을 내릴 수 있게 되었다고 해 보겠습니다. 그러면 열 살짜리 남자아이가 교도소에서 수감 생활을 해야 할 가능성을 배제할 수 없습니다. 특히 전국에 소년교도소가 한 곳밖에 없는 우리나라의 실정에 비추어, 새로운 형태의 교정시설을 고민해야 합니다.

아울러 소년보호처분은 선택의 폭이 아주 좁습니다. 판사가 소년을 소년원에 보내고자 하는 경우, 선택할 수 있는 처분기간은 1개월, 6개월, 2년 세 가지에 불과합니다. 저는 그래서 오래전부터 소년보호처분의 선택폭을 넓힐 것을 주장했습니다. 비행 내용에 따라서는 1년짜리도 도입하고 2년 이상의 소년보호처분도 도입해야 한다고 생각합니다. 소년보호처분의 폭이 보다 넓어지고, 소년원 송치 기간도 현재보다 길어진다면 굳이 촉법소년의 연령을 낮추어 형벌을 부과하지 않더라도 소년보호처분만으로도 엄중한 처분을 내릴 수 있게 됩니다. 현재 우리나라 소년원은 과포화상

태일 뿐만 아니라 인력도 매우 부족한 실정입니다. 그럼에도 소년원과 관련된 직역에 종사하는 분들은 소년원 송치 처분의 실효성을 높이기 위해 현장에서 최선의 노력을 다하고 있습니다.

또한 소년원 송치 처분의 실효성을 소년원의 책임으로만 돌리는 것도 문제가 있습니다. 이러한 책임추궁은 소년원에 다녀오기만 하면 소년들이 완전히 변모해 다시는 범죄나 비행을 저지르지 않아야 한다는 이상을 전제로 하는 것이지요. 하지만 이는 소년원 교육의 한계를 무시하는 것일 뿐만 아니라, 사회로 복귀한 소년이 처한 인적·물적 환경을 무시한 처사입니다. 가령 소년원에서 완벽하게 교정이 이루어졌다고 해도 사회로 복귀하였을 때 소년을 뒷받침해 줄 수 있는 가정환경이나 교육환경이 조성되어 있지 않으면, 그 소년이 재범할 확률은 꽤 높을 것입니다.

최근의 뉴스 기사를 보면 사람들이 왜 소년법 폐지를 주장하는지 이해되기도 합니다. 그런데 소년법은 정말 폐지를 주장하는 사람들의 말처럼 악법일까요? 결론부터 이야기하면 그렇지 않습니다. 소년법은 단지 어리다는 이유로 봐주는 법이 아닙니다. 어떤 법이든, 그것이 정상적인 절차를 거쳐 탄생한 법이라면, 그 안에는 인간에 대한 깊은 이해와 법질서에 대한 고민이 담겨 있습니다. 소년법도 마찬가지입니다.

소년법의 법적 근거는 국친사상(國親思想)입니다. 국친사상은 국가가 어버이처럼 국민을 보호해야 한다는 뜻으로, 소년법에서는 부모가 없거나 혹은 있다 해도 적절한 보호와 양육을 기대할 수 없는 소년에 대해서 국가가 부모를 대신해 보호한다는 의미를 담고 있습니다. 소년법정에서 이루어지는 처분을 '보호처분'이라고 하는 이유도 여기에 있습니다.

왜 범죄자까지 보호해야 하느냐고 생각할 수 있지만, 소년사범을 성인범과 다르게 취급하는 것은 대부분의 문명국가에서 일찌감치 채택한 방식입니다. 청소년기는 감정적으로, 생물학적으로 불안정한 질풍노도의 시기이고, 성장 과정에서 시행착오는 누구나 겪을 수 있는 문제이기 때문에 미래 사회의 주역인 소년들을 보호하는 것이지요. 그러니까 소년법이 소년의 잘못을 관용적인 시각으로 바라보는 것은 아직 성장 중인 청소년을 위한 국가의 배려라고 할 수 있습니다.

현재 뇌과학에 따르면, 청소년의 뇌는 80퍼센트밖에 완

성되지 않았다고 해요. 특히, 성숙의 지표라고 할 수 있는 판단력과 통제력 등을 담당하는 전두엽이 발달하지 않아 성인처럼 행동할 수는 있지만, 그 행동이 가지고 올 결과에 대해서 모르는 경우가 많지요. 하지만 그 때문에 개선 가능성 또한 아주 높다고 할 수 있습니다. 이는 사법형 그룹홈의 하나인 청소년회복센터에서 생활한 아이들의 재범률이 크게 떨어진 사례만 봐도 알 수 있습니다. 여기서 보호처분 기간 동안 생활한 아이들의 재범률은 아주 낮은 편입니다. 그동안 받지 못한 따뜻한 돌봄과 적절한 가르침이 아이들을 변화하게 만든 것이지요.

무엇보다 미성년자에게는 사실상 법적 책임을 물을 수가 없습니다. 미성년자는 법 제정과 관련해 어떤 권리도 행사한 적이 없기 때문입니다. 소년법이 미성년자를 보호하는 것은 단순히 어려서가 아니라, 법질서를 어겼을 때 어떤 책임이 뒤따른다는 것을 이해할 만큼 성숙하지 않다고 판단했기 때문입니다. 법은 개인과 국가 사이의 계약입니다. 처벌도 그 계약에 따른 것이지요. 그런데 그 계약에 전혀 참여한 적이 없는 미성년자를 대상으로 성인과 똑같은 처벌을 한다면, 이는 법질서에도 어긋나는 것입니다. 하나의 법은 법체계 안에서 서로 얽혀 있기 때문에 소년법을 없애거나 내용을 바꾸려면 다른 법도 함께 조정해야 합니다. 현재의 법에 따르면 미성년자는 친권자의 동의 없이는 법률 행위를 하지 못하게 되어 있고, 참정권도 제한되어 있으며, 일을 해서 돈을 벌고 싶어도 이런저런 규제가 있어 어려움을 겪습니다. 이렇듯 어리다는 이유로 다양한 권리를 제한하면서 잘못에 대해서만 어른과 똑같이 책임을 묻는다면 공정하다고 할 수 없겠지요. 그럼 어떻게 해야 할까요?

소년법을 폐지하려면 그동안 미성년자에게 허락되지 않았던 다른 모든 제약도 함께 없애야 합니다. 만 10세 이상의 아이들에게 선거권을 주는 것은 물론이고, 그동안 성장기 아이들에게 유해하다고 금지했던 품목에 대한 제한도 모두 풀어 줘야 합니다. 한마디로 아이와 어른의 구분이 사라진 세상이 되는 것이지요. 이런 세상이 과연 우리가 원하는 세상일까요? 아닐 것입니다. 그래서 소년법은 국가의 품격과 직결된 문제이기도 합니다. 대부분의 국가에서 소년법을 채택한 것도 같은 이유입니다.

물론 언론에 비친 일부 아이들의 모습이 이해하기 어려운 건 사실입니다. 아무리 어리다지만 법을 비웃고 조롱하며 폭력에 무감한 듯 보이는 아이들의 모습은 묵묵히 법을 지키며 살아가는 사람들의 공분을 사기에 충분해 보입니다. 그러나 칼을 함부로 쓰는 미치광이가 있다고 해서 이 세상에 있는 칼을 모두 없앨 수는 없습니다. 칼은 사람을 다치게 만들기도 하지만 제대로 쓰면 아주 유용한 도구이니까요.

진짜 문제는 소년법에 있는 것이 아니라 소년법이 가진 좋은 뜻을 제대로 살리지 못하는 데 있습니다. 소년재판은 일반 형사재판처럼 처벌한다고 끝나는 것이 아닙니다. 오히려 처벌 이후가 훨씬 더 중요하지요. 처벌 이후에 아이들이 지낼 시설을 확충하고, 그 안에서 이루어지는 교육 프로그램의 질을 높이고, 시설에서 나온 뒤에도 지속적인 관찰과 돌봄을 통해 아이가 다시 비행에 빠지지 않고 건전하게 성장할 수 있도록 꾸준히 이끌어 줘야 합니다. 법 개정이나 폐지 문제는 그 뒤에 차분히 논의해도 늦지 않습니다. 아울러 가정법원 설치 확대와 소년보호기관의 인적·물적 확충 역시 시급합니다.

이와 함께 소년범죄 피해자의 이야기 또한 다시 하지 않을 수 없습니다. 소년범죄 피해자의 보호 및 지원 조치는 포괄적인 원칙이 마련된 상태에서 당해 사건의 유형과 가해자 및 피해자와의 사회적 관계 등을 고려하여 구체성과 적시성을 띨 수 있도록 해야 합니다. 범죄 피해자 보호법이

제정되어 있으나, 그 내용을 보면 생각만큼 정교하지 못합니다. 이런 공백이 메워질 때까지 국가 탓을 하며 방치하기보다는, 공동체 구성원으로서 공백을 메워 나가는 것이 진정으로 피해자를 위한 길이라고 생각합니다.

민주주의와 법치주의는 국민의 의사에 따라 국가와 정책이 이루어집니다. 민주주의와 법치주의를 채택하는 모든 나라는 성년과 미성년을 구분하고, 양자에 대한 법적 취급을 달리하고 있습니다. 이것은 어른의 의무입니다. 다만 성년과 미성년의 구분 기준인 연령을 어디에서 정할지에 관해서는 국가별로 조금씩 차이가 납니다. 그 기준에 의해 미성년자로 된 경우에는 연령제한으로 비록 형벌의 부과에 있어 불합리한 점이 있다고 생각되더라도 부득이한 것으로서 받아들인다는 것입니다.

우리나라에서 촉법소년을 비롯한 청소년범죄 문제가 계속 발생하고 있는 것은 형사미성년자 연령 기준에 관해 국민의 공감대가 무너져 있다는 방증이라고 봅니다. 하루빨리 이 문제가 해결되기를 바랍니다. 그 해결책이 법률 개정이라면 그렇게 해야 할 것입니다. 하지만 법률을 개정함에 있어서는 법률이 개정된 이후에는 더 이상 문제를 제기하는 사태가 발생하지 않도록 신중을 기할 필요가 있습니다. 예컨대 형사미성년 연령이 만 13세 미만으로 개정될 경우, 만약 만 12세의 소년이 사건을 저지르면 다시 법을 개정하자는 주장이 제기될 가능성이 매우 큽니다. 이러한 사태를 막기 위한 최선의 길은 우선 입법과정에 국민과의 소통을 통한 설득절차를 마련하는 것이 될 테지요.

　모든 법은 양날의 검과 같습니다. 잘 사용하면 사회를 안전하게 지키는 든든한 울타리 역할을 하지만, 자칫 잘못 사용하거나 과도하게 사용하면 개인의 자유와 인권을 누르는 무거운 족쇄가 되기도 하지요. 소년법도 그렇습니다. 잘못 사용하면 문제가 되지만 잘 사용하면 보호가 필요한 소년들에게 소중한 삶의 기회를 선물하는 따뜻한 법이 될 수 있습니다. 의사나 요리사의 칼이 여러 사람을 살리는 축복의 도구로 쓰이는 것처럼 말입니다. 소년법이 명색만 화려하고 실효성은 없는 '빛 좋은 개살구'가 될지, '보기에도 좋고 먹기에도 좋은 떡'이 될지는 우리 모두의 관심과 노력에 달려 있습니다.

소년의 인생 여행을
응원합니다

부모의 따뜻한 보살핌 아래 성장해야 할 어린 소년들이 어른의 무관심과 방치 속에 거리를 떠돌다 비행세계에 발을 담그고, 그러다 소년재판에 맡겨집니다. 처분 이후에 재비행이 없기를 바라지만 말 그대로 바람에 그치고 말 때가 많았습니다. 비행소년들도 대한민국의 청소년이고, 보호받아야 할 아동입니다. 그러나 현실은 그렇지 않았습니다. 비행소년들은 정치적 이용 가치가 없기에 보수나 진보 진영 모두에게서 투명인간처럼 취급되며 아무런 도움도 받지 못한 채 재비행의 나락으로 떨어지고 있었습니다.

이러한 악순환을 두고 볼 수만은 없어서 그들을 회복시킬 수 있는 방안을 찾으려고 여러 곳을 뛰어다녔습니다. 그리고 '대안가정'과 '대안부모'가 해결 방안이라는 결론을 내리고 뜻있는 분들을 설득하여 '비행소년 전용 그룹홈'인 청소년회복센터의 설립을 추진하기 위해 애썼습니다.

처음 사법형 그룹홈을 만들고 나서, 재판에서 만난 중학교 1학년 쌍둥이를 위탁한 일이 있었습니다. 부모의 이혼과 우울증으로 가정의 돌봄을 받지 못했던 아이들이었는데, 청소년회복센터에서 1년 동안 말썽 한 번 안 피우고 착실히 생활하던 아이들이 시설에서 나간 지 2주 만에 빵을 훔쳐 파출소에 있다는 소식을 들었습니다. 돌봐 줄 사람이 없으니 어쩌면 당연한 일이었지요. 이런 아이들을 한 명이라도 더 살려 내기 위해 2010년 11월에 시작된 사법형 그룹홈을 제도화하는 일이 무엇보다 시급했습니다. 이를 위해서라면 불러 주는 곳이면 어디든 마다하지 않고 혼자서 차를 몰고 찾아갔습니다. 그 영향 때문인지 이명 현상이 훈장처럼 주어졌고, 밤이면 귀에서 들려오는 매미 소리를 잠재우기 위해 애써야 할 지경에 이르렀습니다. 독지가의 도움을 받아서 국회의원들에게 친필 서명이 담긴 제 책과 편지를 보내는 등 백방으로 노력한 끝에 국회입법조사처로부터 사법형 그룹홈 입법에 참고할 자료를 달라는 요청까지 받았습니다.

그 결과 2014년 한 국회의원이 사법형 그룹홈을 '아동복지법'상의 시설로 하는 아동복지법 개정안을 발의했습니다. 그로부터 얼마 후 다른 의원들이 사법형 그룹홈을 '청소년복지지원법'상의 시설로 하는 입법 발의를 했습니다. 그리고 19대 국회 회기 마지막 날인 2016년 5월 29일, 법 개정으로 청소년회복센터가 '청소년회복지원시설'로 공식적인 지위를 얻기에 이르렀습니다. 또 국회의원이나 기획재정부의 도움을 받지 않고 국민참여예산제도를 통하여 국민의 도움을 받아 2019년 1월부터 청소년회복지원시설에 국가의 예산이 지급될 수 있게 하였습니다. 또한 청소년회복센터를 돕기 위해 친구들을 설득해 사단법인 만사소년을 설립하여, 만사소년FC, 2인 3각 도보 여행, 극기산행, 북콘서트, 자립지원사업을 진행해 왔습니다. 이를 통해 수많은 소년이 상처를 치유받고 비뚤어진 성품을 고치고, 부모와 사회와의 관계도 회복했습니다. 무엇보다 다행스럽게도 재비행률이 현저하게 떨어졌습니다. 지난 9년간의 성과는 아무 조건 없이 도움의 손길을 내밀고, 때로는 저를 대신하여 비난을 감수해 준 위대한 시민들이 있었기에 가능했습니다.

  최종적으로 아동을 보호해야 할 기관은 국가입니다. 가

정에서도 손을 놓고, 학교와 사회마저도 극도의 혐오감으로 소외시키고 있는 비행소년들을 비행에서 벗어나게 해줄 최소한의 도움조차 외면하는 국가가 있다면, 그 국가는 자신의 중차대한 임무인 '정의', 특히 '배분적 정의'의 실현을 태만히 하고 있는 것이라고 할 수밖에 없습니다. 이는 우리 사회의 정의 실현에 있어 마지막 퍼즐을 맞추는 의미 있는 일이기 때문입니다.

물론 어려운 이들을 구제하는 임무를 국가에만 떠맡길 수는 없습니다. 사회적 가치에 대한 모든 분배 요구를 정의의 요구로 받아들일 수는 없기 때문입니다. 아무리 배가 고파도 제과점에 가서 공짜로 빵을 요구할 수 없는 것처럼, 개인의 '필요'에서 비롯된 사회적 가치의 분배 요구는 현행 사회질서 내에서 정의의 요구로 받아들일 수 없습니다. 부탁이나 요청을 하였음에도 아무도 관심을 보여 주지 않고 차가운 반응만 돌아온다면 서러움을 느끼는 게 인지상정이겠으나, 이러한 요청을 받아들이지 않는다고 하여 정의롭지 않은 사회라고 할 수는 없습니다. 만약 배고픈 사람을 가엾게 여긴 제과점 주인이 빵을 나누어 주더라도 그것은 그 사람에게 받을 만한 권리가 있거나 정당한 요구를 했기 때문이 아니라, 단지 은혜를 받은 것에 불과합니다. 다른 누군가에게 은혜를 구하는 것은 권리도 아니고, 정의의 요구도 아니며, 그저 은혜에 감사할 수 있는 조건일 뿐입니다.

그러나 어려움에 처한 사람들을 그대로 방치하는 것은 사회공동체가 그 임무를 다하지 않는 것입니다. 복지제도를 세밀하게 정비해 나가고, 미비한 복지제도에 대해서는 사회 구성원들이 자발적으로 나서 자선을 베푸는 실천 등으로 공백을 메워 나가는 것이 바로 기독교적 정의의 의무, 즉 체다카 정신입니다. '고아와 과부와 나그네와 옥에 갇힌 자와 장애인과 병자'로 대표되는 사회적 약자들에게 사랑을 실천하라는 체다카 정신이야말로 오늘날 우리 사회에 꼭 필요한 정신이 아닐까요?

그동안 무수히 많은 소년을 만났습니다. 제가 만난 소년들을, 그들의 이야기를 기억합니다. 그 눈빛을 떠올리며 오늘도 한 판사로서, 한 어른으로서, 한 아버지로서 부끄럼 없이 살아가기 위해 마음을 가다듬습니다. 또한 이 사회를 같이 살아가는 모든 사람들이 우리 곁의 소년들을 조금 더 관심을 가지고 살펴보기를 바랍니다. 무엇보다 미래의 주인공인 우리 청소년들이 지금 자신의 옆에 있는 친구들을 조금이나마 더 알고 이해할 수 있기를 바랍니다. 또한 교육 현장에서 고생하시는 선생님들께도, 자신이 만나는 학생들이 쓴 가면 뒤에 숨은 진정한 얼굴이 어떤 모습인지 들여다보는 노력을 그만두지 말아 달라고 말씀드리고 싶습니다. 거친 분노와 냉소의 가면 뒤, 어쩌면 홀로 울고 있는 한 소년이 있을 수 있으니까요.

내가 만난 소년에 대하여

초판 1쇄 펴낸날 2021년 3월 15일
초판 10쇄 펴낸날 2024년 9월 2일

지은이 천종호
펴낸이 홍지연

편집 홍소연 이태화 김선아 김영은 차소영 서경민
디자인 이정화 박태연 박해연 정든해
마케팅 강점원 최은 신종연 김가영 김동휘
경영지원 정상희 여주현

펴낸곳 (주)우리학교
출판등록 제313-2009-26호(2009년 1월 5일)
제조국 대한민국
주소 04029 서울시 마포구 동교로12안길 8
전화 02-6012-6094
팩스 02-6012-6092
홈페이지 www.woorischool.co.kr
이메일 woorischool@naver.com

ⓒ 천종호, 2021
ISBN 979-11-90337-68-7 03810